파도보다 더 높이

파도보다 더 높이

김준희 소설집

차례

정오의 언어	7
건호를 찾아서	33
주유소 캐노피 아래에서 슬라임을 생각한다는 건	65
오픈런	91
파도보다 더 높이	119
별을 보러 갑니다	147
해안로	175

해설 | 전청림(문학 평론가)
적당한 점액질의 인간 농도   201

작가의 말   227

정오의 언어

그녀는 점심시간이 되면 탕비실에서 누군가와 통화를 했다. 통화를 할 때는 블루투스 이어폰을 사용했기 때문에 혼잣말하는 사람처럼 보였다. 그녀의 점심 메뉴는 주로 빵이나 컵밥이었다. 이런 것들은 대체로 십 분, 십오 분이면 다 먹을 수 있어서 여유 시간이 꽤 남는 편이었다. 그녀는 그 시간을 모두 통화하는 데에 썼다.

나는 수습사원으로 한 달 전에 이 회사에 입사했다. 얼마 전까지만 해도 직원들과 어울려 식당에서 점심을 먹었는데, 어쩌다 보니 혼자 먹게 되었다. 직원들이 나를 따돌린 건 아니고 내가 먼저 따로 먹겠다고 했다. 업무 시간에 겉돌고 있으니 점심시간에도 겉도는 게 자연스러운 흐름이었다. 따로 먹는 편이 나에게도 직원들에게도 편할 것 같기도 했고.

처음에는 탕비실에서 컵라면이나 김밥으로 끼니를 때우려고 했다. 그러나 탕비실에서의 식사는 생각처럼 쉽지 않았다. 점심시간의 탕비실은 온전히 그녀만의 공간이었다. 그녀는 누군가와 탕비실을 공유하는 걸 극도로 싫어했다. 내가 탕비실로 들어갈 때마다 그녀는 빨리 먹고 나가라는 수준을 넘어, 도대체 네가 왜 여기 있는 건지 모르겠다는 차원의 표정을 지었다. 그 표정을 마주하다 보면 탕비실은 내가 있을 곳이 아니라는 게 절로 느껴지곤 했다.

나는 나흘 정도 그녀의 공간을 침범하며 밥을 먹다가 이렇게 눈치 보며 밥을 먹을 바에는 차라리 굶는 게 속 편하겠다는 생각이 들어 점심을 굶기로 했다. 그렇게 나는 점심시간에도 사무실 책상 앞에 앉아 있는 신세가 됐다. 처음에는 모니터를 보며 우유를 마셨고 그다음에는 빵 그다음에는 주먹밥 그다음에는 도시락을 먹었는데, 어느 날 차장에게 사무실에서 음식물을 먹지 말라는 주의를 들어 다시 우유 정도만 마시게 되었다.

열두 시가 되자 직원들이 하나둘 자리에서 일어났다. 식당으로 가던 직원 한 명이 내 자리 앞에서 멈춰섰다. 그러더니 모니터 옆에 세워둔 커피우유를 가리키며 말했다.

고작 우유로 힘이 나겠어?

나는 괜찮다고 답했다. 진심이었다. 끼니를 거르는 일은 큰 문제가 아니었다. 문제는 점심시간마저도 똑같은 자리에 앉아 특별할 게 없는 모니터 화면을 들여다보는 것에 있었다. 나는 커피우유를 마시면서 포털 사이트에 올라온 사회면 기사를 눌렀다. 그러나 몇 줄 읽다 말고 그 옆의 명품 가방 광고를 누르게 됐다.

사지도 못할 가방들을 구경하며 시간을 보내다가 문득 탕비실 냉장고에 있는 유자청이 떠올랐다. 관리부 직원의 어머니가 직접 만들어 회사로 보내준 거였다. 직원은 자유롭게 꺼내 먹으라며 냉장고에 유자청을 넣어 두겠다고 했다. 머릿속에 따뜻한 햇볕에 잘 말려지고 있는 유자의 장면이 상상됐고, 손에 쥐고 있던 커피우유가 유난히도 차갑게 느껴졌다. 탕비실을 차지하고 있을 그녀가 떠올랐지만 유자차를 타는 건 잠깐이니 괜찮을 것 같았다. 그녀의 눈치를 보느라 유자차도 못 마시는 건 말이 안 되기도 했고.

조심스럽게 탕비실 문을 열자 그녀가 놀란 얼굴로 내 쪽을 쳐다보았다. 나는 덤덤하게 냉장고 앞으로 걸어가 유자청을 꺼내어 컵에 덜었다. 아무렇지 않게 뜨거운 물을 받고 티스푼으로 저었다. 그녀는 작은 목소리로 응, 아니, 진짜? 같은 말들을 반복했다. 마치 정보가 새어 나오지 않도록 말을 아끼는 것처럼. 나는 유자차를 한 모금 마셨다. 밍밍한 맛이었다. 유자청을 더 넣어야 할지 말아야 할지 고민하다가 이런 고민을 하는 것 자체가 억울해졌다. 등 뒤에서 그녀가 여전히 작은 목소리로 속삭이며 통화하는 게 들렸다. 나는 유자청을 다시 컵으로 덜어냈다.

너 뭐 해? 왜 이렇게 부스럭거려?

갑자기 커진 목소리에 나도 모르게 등을 돌려 그녀를 바라봤다. 그녀는 여전히 테이블을 보며 통화하고 있었다. 나는 허겁지겁 유자청을 냉장고에 넣고 탕비실을 나섰다. 닫히는 문틈 사이로 아 그래? 하고 나지막한 소리가 흘러나왔다. 복도에서 한 모금 들이킨 유자차는 너무 달았다.

사원이 스무 명밖에 없었기에 회사 내에 한번 소문이 나면 금방 퍼지곤 했다. 직원들과 함께 점심을 먹던 시절 나는 이런저런 소문을 주워들었는데, 그중에서 가장 화제였던 건 그녀에 대한 소문이었다. 그녀가 곧 결혼할 예정이며 결혼을 기점으로 퇴사한다는 내용이었다. 직원 중 그 누구도 그녀에게 청첩장을 받은 적이 없지만 직원들은 그녀가 퇴사할 거라고 굳게 믿었다. 이러한 믿음에는 나름의 타당한 이유가 존재했는데 소문의 시초가 그녀라는 거였다.

그녀는 몇몇 직원에게 회사에서 멀리 떨어진 경기도에 신혼집을 구한 것과 예식 날짜, 퇴사 계획 같은 걸 내비쳤던 모양이었다. 그 정보는 내가 입사하기 전부터 돌고 돌아 부장의 귀에도 들어갔다. 부장은 그녀가 나가길 기다렸던 것처럼 바로 사람을 구하기 시작했다. 퇴사 면담을 진행한 후에 사람을 구했어야 했지만 그런 절차는 없었다. 그렇게 뽑힌 사람이 바로 나였다.

면접 때 부장은 디자이너 하나가 회사를 관둘 예정이며 그 디자이너가 하던 일을 내가 하게 될 거라고 말했다. 내가 맡게 될 일은 회사에서 발행하는 책자나 포스터를 디자인하는 일이었다. 그 외에 기타 사무 업무를 하게 될 수도 있었지만 주요 업무는 아니었다. 출근 첫날, 나는 곧 떠날 직원이 그녀라는 걸 알 수 있었다. 회사에서 디자이너 일을 하는 사람은 그녀밖에 없었다.

곧 관둘 거라는 부장의 말과는 달리 그녀는 퇴사하지 않았다. 사직서 제출은커녕 퇴사 면담도 하지 않았다. 물론 결혼도 하지 않았다. 그녀가 버티고 있는 한 내게 넘어올 일은 없었다. 그녀 측에서 먼저 업무를 나눠주거나 말을 거는 상황도 일어나지 않았다. 그녀는 그럴 수 있었다. 사직서를 제출하지 않았으니까. 인수인계하라는 지시를 받지 않았으니까. 괘씸한 건 부장이었다. 부장은 내가 딱히 하는 일이 없다는 걸 알면서도 그녀에게 인수인계나 업무 분담을 지시하지 않았다. 그렇다고 나에게 별도의 업무를 지정해준 것도 아니었다. 회사는 디자이너를 두 명이나 쓸 생각이 없는 것 같았다. 그녀는 아무렇지 않게 매일 주어진 일을 처리했고 회의에 들어갔으며 두 달 후에 진행할 프로젝트를 준비했다.

나는 업무라고 할 만한 걸 전혀 하지 못한 채 수습 기간을 보내고 있었다. 보다 못한 어느 직원이 내게 회사 시스템을 알려주고 회사에서 제작한 인쇄물들을 보여 주었지만 그게 끝이었다. 나에게 주어진 일은 내 앞에 놓인 책상 하나를 지키는 것과 이면지를 골라내는 것 정도였다. 그러나 이면지를 골라내는 일이 너무나도 허드렛일을 시킨다는 인상이었던 건지 몇몇 직원들이 틈틈이 정리해 주어서 결국에는 이면지를 골라내는 일마저도 하지 않게 되었다.

하루는 부장이 회의실로 불렀다. 그러고선 면접 때 말했듯이 입사 후 삼 개월 동안은 수습 기간이라고 운을 뗐다. 수습 기간에는 업무와 관련된 것보다 회사 생활에 적응은 잘하는지, 동료랑 의사소통은 원활한지, 회사에 맞는 인재상인지를 주로 판단한다고 설명했다. 그 말을 듣자 점심시간에 혼자 사무실에 남아 있던 게 찔렸지만 티를 내지는 않았다. 그저 네, 네, 알겠습니다, 하다가 그럼 수습 기간이 끝나면 업무를 맡게 되나요? 라고 물었는데, 부장이 입을 거의 닫은 채로 뭐, 그렇지, 라고 답했다.

그로부터 얼마 지나지 않아 전체 회의가 열렸다. 업무를 분

담하기 위한 회의였다. 부장은 각자가 맡고 있는 업무가 제대로 분담되어 있지 않다며 해결책을 모색해 보자고 했다. 다들 어리둥절한 표정을 지었다. 부장이 말하는 업무 분담 문제에 대한 해결책은 내가 그 일을 떠안는 것이었다. 직원들은 이를 눈치채고 쉬이 이야기를 꺼내지 않았다.

모두가 어려워하는 그 자리에서 그녀가 입을 열었다. 그리고 독보적으로 의견을 어필했다. 회사에 디자인 일을 하는 사람이 한 명이라 일손이 부족하다고. 머지않아 일이 한꺼번에 들어오는 시기가 올 텐데 그때를 대비해서 디자이너 인력을 마련해 놓아야 한다고. 나는 그녀가 말하는 걸 넋 놓고 바라보다가 이렇게 생각하는 사람이 그동안 나에게 왜 아무런 일도 주지 않았던 건지 의아해졌다. 디자이너가 부족하다는 그녀의 말에 직원들이 동의했다. 부장의 표정이 석연치 않았다. 디자인 업무에 대해서는 더 고안하는 걸로 회의가 끝났다.

나는 업무가 주어지기를 기다렸지만 그런 상황은 오지 않았다. 그러던 어느 날 나는 깨닫고 말았다. 이대로 가다간 수습 기간이 끝나는 동시에 해고당할 거라는 사실을.

유자차는 점점 더 달아져 몇 모금 마시다 말았다. 커피우유를 마저 마시며 모니터를 응시했다. 그녀가 사무실로 들어와 서랍에서 양치 도구를 꺼냈다. 칫솔에 치약을 짜고 책상 앞에 서서 조용히 양치를 했다. 귀에는 여전히 블루투스 이어폰이 꽂혀 있었다. 아무 말도 없는 걸 봐선 상대방의 이야기에 귀를 기울이는 것 같았다. 마치 라디오를 듣는 것처럼. 그녀는 칫솔을 입에 문 채 미간을 살짝 구기더니 화장실 방향으로 걸어갔다.

그녀는 도대체 누구와 통화를 하는 걸까. 평일 점심에 매일 같이 시시콜콜한 대화를 함께 나눌 수 있는 상대란 어떤 사람일까. 그녀의 입에서 조금씩 들렸던 응, 아니 같은 말로는 누구와 통화하는지 짐작하기 어려웠다. 그럼에도 불구하고 짐작 가는 게 있다면 애인은 아니라는 거였다. 그녀는 통화할 때 웃거나 애교를 부리지 않았다. 그렇다고 진지한 표정을 일관했던 건 아닌데, 어쨌든 애인과 대화를 하는 사람처럼 보이지는 않았다. 소문에 의하면 그녀의 애인은 일하느라 바빠서 결혼 준비도 전부 그녀에게 떠맡긴 모양이었다. 그런 사람이 점심때마다 통화를 하기란 어려울 터였다.

애인 다음으로 떠오른 건 친구였다. 그녀 주변에 그녀와 비슷한 친구가 있어 서로 의지하며 점심시간을 공유하는 걸지도 몰랐다. 그렇다면 그런 친구는 한 명일까 여러 명일까. 내 주변에 대입해 보면 그런 친구는 한 명도 없었다. 그러고 보니 나에겐 그녀처럼 매일 같은 시간에 통화할 만한 사람이 없었다. 가족과 친구가 있기는 했지만 매일 똑같은 시간에 그날의 일과를 보고하듯 주고받을 만한 사이는 아니었다. 어쩌면 나는 조금 외로운 사람일지도 모른다는 생각이 들었다.

나는 그녀가 화장실에 간 틈을 타 다시 탕비실에 들어가기로 했다. 이번에야말로 유자차를 제대로 타 볼 작정이었다. 뜨거운 물만 조금 더 부으면 되는 일이었다. 재빠르게 탕비실로 들어갔다. 컵에 뜨거운 물을 붓는데 그사이 컵라면이 시야에 들어왔다. 회사 직원이라면 누구나 쓸 수 있는 탕비실에 누구나 먹을 수 있도록 컵라면이 구비되어 있거늘, 나는 공간도 음식도 누리지 못한 채 그녀의 눈치를 보고 있었다. 컵라면을 뜯어 물을 붓고 테이블 앞에 앉았다. 라면이 익는 삼 분 동안 적막이 흘렀다. 적막 속에서 나는 뻔뻔한 표정을 연습하며 그녀가 오기만을 기다렸다.

그녀가 탕비실로 돌아왔을 땐 라면을 절반 가까이 먹은 후였다. 그녀는 당황했는지 문 앞에 멈추어 섰다. 열었던 문을 다시 닫으며 나가는 건 우스운 모양새라는 걸 그녀도 나도 알고 있었다. 나는 컵라면 바닥에 시선을 고정한 채 젓가락질을 계속했다. 그녀가 나를 지나쳐 정수기 앞으로 가 물을 한 잔 마셨다. 대강 물 먹는 시늉이나 하다가 옥상이나 사무실로 돌아갈 터였다. 그녀에게서 탕비실을 빼앗았다는 묘한 쾌감이 일었다.

　응. 응. 아니. 몰라.

　그녀가 정수기 앞에서 말했다. 여전히 통화 내용이 누출될까 봐 말을 아끼는 모양새였다. 그녀가 내게서 두어 칸 떨어진 의자에 앉아 통화를 이어갔다. 그러나 언제까지고 말을 아껴가며 통화할 수는 없는 노릇이었다. 나는 그녀가 답답함을 느껴 탕비실에서 나가는 순간을 느긋하게 기다리기로 했다. 우위에 있는 건 나였다.

　돈? 몇백 깨졌지.

　응, 아니, 같은 말들만 반복하던 그녀가 새로운 단어를 말하기 시작했다.

　이제 정리할 건 집 하나야. 응.

　결혼에 대한 이야기를 하는 것 같았다.

　걘 모르지. 회사? 설마 찾아오겠어?

　나는 라면 국물을 천천히 들이켰고 그녀의 입에서 나오는 잘려진 단어들을 모아 상황을 유추했다. 찾아온다니. 누가 찾아온다는 걸까.

　찾아와도 지가 뭘 어쩌겠어. 내가 딴 사람이 좋다는데.

　나는 표정을 감추기 위해 컵라면에 얼굴을 박고 국물을 들이켰다.

　애는 좀 괜찮은 것 같아.

아마도 그녀는 새로운 사람을 만나고 있는 듯했다. 그것 때문인지는 몰라도 파혼한 것 같았다. 그래서 돈도 날리고 집도 정리해야 하는 듯했다. 결혼식을 몇 달 앞두고 파혼을 하다니. 딴 남자를 만나고 있다니. 고개가 절로 저어졌다.

아니, 걔가 먼저 파혼하자고 했다니까.

날이 선 목소리였다. 어쩌면 파혼은 그녀의 의지가 아닐지도 몰랐다. 남자는 툭하면 파혼 얘기를 꺼내는 편이었고 그런 남자에게 질린 그녀가 다른 사람에게 눈을 돌린 걸 수도 있었다. 그러다가 정말 다른 사람을 사랑하게 되었다거나.

나는 조각된 단어들로 그녀의 상황을 조립하다가 이것은 나의 패배라는 걸 인지했다. 친하지도 않은 직장 동료의 사생활을 이런 식으로 알게 되는 건 본인의 입으로 직접 듣는 것보다 불쾌한 일이었다. 그 사생활이 파혼 같은 거라면 더욱이 그랬다. 다시는 그녀의 불쾌한 사생활을 유추하지 않으리라. 서둘러 컵라면 용기를 버리고 탕비실을 나섰다.

나는 자리로 돌아가 구직 사이트를 켰다. 그녀가 파혼했다는 건 퇴사하지 않는다는 이야기였다. 수습 기간이 끝나면 잘릴지도 모른다는 예상이 사실이 되었고 하루빨리 퇴사하고 제대로 된 회사에 취직해야 한다는 조바심이 들었다. 열댓 곳 정도 이력서를 지원하고 나자 모니터 너머로 익숙한 사무실 풍경이 시야에 들어왔다. 처음 출근했을 때는 마냥 낯설기만 했던 공간이었다. 이제야 조금 익숙해졌는데 또다시 낯선 공간을 찾아 그곳에 발을 들여야 한다니. 생각만으로도 피로했다.

나는 생각을 고치기로 했다. 급하게 이직하기보다는 이곳에서 버틸 수 있을 때까지 버티기로. 다행히도 나는 시간을 쓰는 데에 인심이 후한 편이었고, 커리어나 스펙을 쌓지 않고 단순히 자리를 지키는 일에 시간을 사용해도 아깝지 않다고 느꼈다. 오히려 다른 이들이 월급을 위해 시간과 노동을 제공할 때, 나는 노동을 거의 제공하지 않으니 이점인 것 같기도 했다. 시간과 노동에 대해 계산하고 따져 보니 어쩌면 나야말로 사무실에서 가장 괜찮은 위치에 있는 게 아닌가 하는 생각마저 들었다.

수습 기간이 끝나는 날 해고당한다고 해도 그건 내 탓이 아니라 애매하고 불분명하게 돌아가는 조직의 문제였다. 나는 우둔한 조직의 피해자인 동시에 일을 하지 않고 월급을 받아 가는 존재였다. 여기까지 계산이 미치자 기분이 홀가분해졌다. 출근의 목적이 노동 없이 시간만을 대가로 받아 내는 월급이 되었고, 그러자 대책 없이 사람을 뽑아 놓은 부장도, 퇴사한다더니 퇴사하지 않는 그녀도, 이런 곳에서 시간을 허비하는 나 자신도, 그럭저럭 넘어갈 수 있게 되었다.

해고당하는 날을 기다리며 출퇴근하는 사람은 어떤 자세

를 취해야 할지 고민했고 그 결과 없는 사람이 되기로 했다. 없는 사람이 되려면 어떡해야 하나, 애초에 없는 사람이란 무엇인가, 일도 하지 않고 밥도 함께 먹지 않으면 없는 사람인가, 하는 생각을 하다가 없는 사람은 이런 고민도 할 필요가 없다며 생각하기를 멈추었다.

없는 사람을 자처하자 출근길의 발걸음이 가벼워졌다. 사무실에 도착하자마자 책상 앞에 앉아서 사보를 펼쳤다. 사보를 보는 척하는 게 나의 업무였다. 근무 시간 내내 나는 사보에다가 월급과 카드값을 계산했다. 옆에 앉은 그녀는 매우 바빠 보였다. 나는 없는 사람 역할에 충실하기 위해 그녀 쪽은 바라보지 않도록 주의했다. 그때 차장이 그녀를 불렀다. 차장의 말은 파티션에 가로막혀 잘 들리지 않았다. 그러나 그녀는 서 있었기 때문에 목소리가 어느 곳에 부딪히지 않고 허공으로 울려 퍼졌다.

차장님 저는……

그녀가 말했다. 이에 차장이 웅얼거리는 소리로 뭐라고 대답했다.

네? 뭐라고……

그녀가 말끝을 흐렸다. 또다시 차장이 웅얼거리는 소리로 말했다.

아니, 좀 더……

그녀의 말이 또 잘렸다. 이번에는 차장이 좀 더 크게 웅얼댔다.

그걸 지금…… (말이라고 하세요.)

왠지 그녀는 이렇게 말한 거 같았다. 차장이 꽤 길게 말을 늘어놓았다.

그건 좀…… (싫은데요.)

그녀의 말은 점점 짧아져 종래에는 아, 이, 그, 저, 후, 씨, 어, 네 같은 한 글자로만 말하는 수준에 이르렀다. 미묘하게 잘려 나간 그녀의 언어는 허공에서 그대로 사라졌다. 사무실의 그 누구도 그녀의 말에 관심을 갖지 않는 듯했다. 심지어는 같이 대화를 하는 차장도 그녀가 말끝을 흐리든 말든 의식하지 않는 듯했다. 나는 회의 때 유창하게 말하던 그녀의 모습을 떠올렸다. 그때는 큰 소리로 또박또박 디자이너 인력이 더 필요하다고 말했었는데.

그녀가 다시 자리로 돌아왔다. 거래처에 전화를 걸었고 통화를 끝내자마자 회의실로 들어갔다. 나는 오전 내내 없는 사람의 역할을 수행하다가 점심시간이 되기 십 분 전인 열한 시 오십 분에 자리에서 일어났다. 미리 탕비실에 가서 유자차를 탈 생각이었지만 막상 들어가니 믹스커피가 먹고 싶어졌다. 탕비실이라는 곳은 이상하게도 한 번 발을 들이면 계획과는 다른 일이 하고 싶어지는 공간이었다. 유자차 대신 컵라면을 먹었던 것처럼. 그녀가 오기 전에 커피를 타기로 했다. 점심시간까지는 십 분 정도 남았으니 시간은 충분했다. 그러나 뜨거운 물을 붓기도 전에 그녀가 불쑥 탕비실로 들어왔다.

내가 왜!

그녀는 문을 열자마자 큰 소리를 쳤다. 정수기 앞에 서 있던 나와 눈이 마주쳤고 깜짝 놀라며 눈을 동그랗게 떴다. 반대로 나는 정말 없는 사람이 되어버린 건지 큰 소리가 들렸음에도 전혀 놀라지 않았다. 그녀의 사생활을 듣기 전에 자리를 떠야겠다는 생각만 들었다. 고개를 숙이고 손에 쥔 컵을 내려다보며 얼른 문 쪽으로 걸었다. 문 앞에 도착했지만 그녀는 비키지 않았다. 나는 천천히 고개를 들어 그녀의 얼굴을 쳐다보았다. 빨간 피부에 충혈된 눈을 하고 있었다. 입술이 꿈틀거리더니 이윽고 신경질적인 소리가 튀어나왔다.

나도 이럴 줄 몰랐다니까?

그녀가 문 앞에서 비켜섰다. 그러고는 이렇게 될 줄은 몰랐는데 어쩌라는 거냐는 둥 위약금이 몇백이니 함부로 말하지 말라는 둥 화를 쏟아냈다. 나는 사무실에 있는 직원들이 그녀의 통화 내용을 들을까 봐 초조해졌다. 그녀가 아주 잠깐 고개를 돌려 내 쪽을 쳐다보았고 그제야 탕비실 안쪽으로 들어갔다. 나는 허겁지겁 사무실로 돌아갔다. 다행히 사무실엔 아무도 없었다.

 점심시간이 끝나기 전, 부장이 다가와 대뜸 요즘 애들은 명품을 그렇게 좋아한다며? 하고 말을 걸었다. 내가 뭐라 대답할 새도 없이 근처에 앉아 있던 다른 직원이 요즘 애들은 가성비는 잘 안 따진다며 비싸도 마음에 드는 걸 산다고 대답했다. 그러자 부장이 그래도 명품 때문에 빚을 지는 건 좀 아니지, 라고 했다.
 부장이 이런 말을 꺼낸 데에는 나에게 그런 소문이 따라다니기 때문이라는 직감이 들었다. 아마도 나는 명품을 사느라 빚을 진 수습 사원인 모양이었다. 그래서 이런 대우를 받아도 버티고 있는 거라고 직원들이 수군대는 게 눈에 훤했다. 그러나 이런 소문이 났다는 걸 알아채도 일일이 해명할 수도 없는 노릇이었다. 답답하지만 침묵할 수밖에. 소문 때문에 억울해서 사무실에 못 앉아 있을 정도는 아니었다. 다만 회사에서 기댈 수 있는 사람이 단 한 명도 없다는 게 아쉬웠다.
 누가 그런 소문을 퍼트린 걸까. 가장 먼저 의심 가는 사람은 그녀였다. 그녀는 점심시간에 양치하기 위해 사무실과 탕비실을 오갔고, 어쩌면 내 모니터를 주시하고 있었을지도 몰랐다. 나는 그녀가 모니터를 주시하는 줄도 모르고 명품 가방 광고를 클릭해 사지도 않을 가방들을 꽤 자세히 들여다봤을 수도 있다. 아니면, 컴퓨터로 카드 명세서 내역을 확인하고 있는 걸 그녀가 우연히 목격했을 수도 있다. 그리고 나의 카드값을 보고 놀랐을지도 모른다. 그러나 그런 장면을 보았다고 한들 소문을 지어낼 필요가 있었을까.

나는 그녀가 범인이라고 단정 짓다가도 증거 있냐며 스스로에게 반문했다. 그러나 중립적인 생각은 잠시고, 자꾸만 그녀가 범인인 것으로 판단이 쏠렸다. 그녀의 사생활에 발을 들인 대가로 괴롭힘 당하는 거라며. 발을 들였다고 하기에는 억울한 부분이 있었다. 그저 무언가가 먹고 싶어 탕비실 문을 열었던 거였고 그곳에 머물고 싶었던 것뿐이니까. 그녀가 오면 급하게 탕비실을 벗어났으니까. 나도 그녀의 사생활을 알고 싶지 않았으니까.

퇴근하고 집으로 돌아가는 내내 소문과 관련된 것들이 신경 쓰였다. 억울함은 밤이 깊어질수록 증폭되었다. 침대에 누워 눈을 감자 그녀가 직원들과 쑥덕거리는 모습이 상상됐다. 모니터 화면에 띄워진 명품 가방을 구경하는 나를 한심하게 쳐다보는 모습까지도. 그녀에게 따질 말들이 줄줄 떠올랐다. 아침이 밝아올 때까지 나는 그녀에게 어떤 말을 어떻게 걸어야 할지 생각했다.

점심시간이 되자 여느 때처럼 직원들이 삼삼오오 모여 식당으로 향했다. 나는 텅 빈 사무실에 홀로 앉아 있다가 탕비실로 걸었다. 그녀와 대화할 수 있는 시간은 점심시간밖에 없었다. 탕비실로 가서 그녀를 떠볼 심산이었다. 나에 대한 소문을 알고 있는지. 알고 있다면 그런 소문은 누가 냈는지. 그러다 보면 빈틈이 나타날 것 같았다.

탕비실 문은 닫혀 있었다. 손잡이를 움켜잡자 냉기가 그대로 전해졌다. 심호흡을 한 번 하고 문을 열려는 순간 문 너머에서 그녀의 목소리가 들려왔다. 나는 멀바우 무늬 스티커가 붙여진 문에 귀를 가까이 대었다. 그녀가 나에 대해 말할 리 없다고 생각하면서도, 어쩌면 나에 대한 이야기를 하지 않을까, 하며 기대 아닌 기대가 됐다. 뭉툭하고 어눌한 소리가 문을 통해 들려왔다. 갑자기 낄낄거리는 웃음소리가 들리는가 싶더니 이내 응, 응, 하는 대답 소리가 전해졌.

이게 다, 그 새끼 때문이야.

그 새끼, 라는 말은 다른 말과는 다르게 또렷하게 문을 뚫고 전해졌다. 내 얘기는 하지 않는 모양이었다. 그 새끼는 파혼한 남자인 걸까. 새로 만나는 남자인 걸까. 다음 말을 듣기 위해 집중했지만 이상하리만큼 조용했다. 응, 이라든가 아니, 라든가 하는 짧은 말도 없었다. 나는 한동안 문 앞에 서 있다가 엿듣는 처지에 낭패감이 들어 등을 돌렸다.

나야 같이 일하면 좋지.

그녀의 목소리가 들렸다.

근데 그게 안 되는 걸 나보고 어쩌라는 건데. 내가 뭘 잘못했는데.

연이어 들리는 화난 목소리. 나는 쉴 새 없이 나오는 그녀의 말을 집중해서 주워들었다.

사고는 그 새끼가 저질렀는데 왜 엉뚱한 사람이 피해를 봐야 돼?

그녀가 외쳤고, 심장이 빠르게 뛰었다. 엉뚱한 사람, 피해, 라는 단어가 귓가에 박혔고 목구멍이 뜨거워졌다.

나는 충동적으로 탕비실 문을 열었다. 그녀는 문에서 가장 가까운 의자에 앉아 있었다. 그녀와 시선이 맞닿았다. 그녀는 아무런 말도 하지 않았다. 침묵 속에서 나는 눈앞에 보이는 장면이 어딘가 허전하다고 느꼈고 그녀의 귀에 이어폰이 없다는 걸 알아챘다. 테이블 위에 올려져 있어야 할 핸드폰도 없었다. 통화를 하던 상대방이 다급하게 외칠 법한 뭐? 안 들려? 같은 잡음도 들리지 않았다. 그녀 역시 상대방에게 잠깐만, 같은 말을 하지 않았다. 나는 도로 탕비실의 문을 닫았다.

그 이후로는 탕비실에 아예 가지 않게 되었다. 근무 시간 내내 물 한 잔도 마시지 않았다. 무언가가 먹고 싶을 땐 편의점으로 갔다. 그녀에 대한 생각을 머릿속에서 지워내려고 애썼다. 여전히 없는 사람의 나날을 보냈지만 더욱 없는 사람이 되려고 노력했다. 없는 사람으로 하루하루를 까먹었고 그러다 보니 어느새 수습 기간이 보름 정도 남아 있었다.

부장이 연말 회식은 사장님이 참석하니 직원 모두가 꼭 참석해야 한다고 당부했다. 그 당부는 사실상 나를 향한 것이었다. 나는 없는 사람으로서 그동안 회식을 피해왔다. 회식을 피하는 건 점심을 따로 먹겠다고 말하는 것보다 쉬웠다. 오히려 내가 빠지는 걸 환영하는 눈치였다.

그러나 연말 회식은 다른 이야기였다. 부장을 포함해 모두가 사장의 눈에 띄는 짓을 하지 않고 회식을 끝내고 싶어 하는 분위기였다. 전 직원 필참이라는 상황에 예외를 만들고 싶지 않다는 모두의 염원을 내가 깰 수는 없었다. 나의 불참으로 인해 분위기가 흐려진다면 그건 그것대로 없는 사람답지 않았다.

오랜만에 직원들 틈에 끼어 앉아 고기를 먹고 술을 마셨다. 대화를 주도하는 몇몇 직원의 이야기에 귀를 기울였고, 모두가 웃을 때 같이 웃고, 모두가 놀랄 때 같이 놀랐다. 주고받는 대화는 아니었지만 대화에 참여하는 기분이 들었다.

나는 누군가의 목소리에 귀를 기울이다가도 그녀가 있는 테이블을 쳐다봤다.

그녀는 앞사람과 떠들며 웃고 있었다. 나는 웃고 있는 그녀의 얼굴에다가 파혼한 건 회사에 왜 말 안 하냐, 나에 대한 헛소문은 왜 퍼트렸냐 같은 말들을 내던지고 싶은 충동이 들었다. 간간이 채워지는 술잔을 비우면서 내지를 틈을 엿보았다. 그러면서도 대화 상대도 없이 통화하는 척한 건 말하지 않겠다고 다짐했다. 그런 거까지 말하면 내가 인간도 아니다, 하면서.

요즘은 개나 소나 명품을 산다며? 명품 가방 들면 뭐 하냐? 사람이 똑바로 되어야지.

누군가가 말했다. 그 말에 다른 직원들이 그렇다 인성이 중요하다, 주제 파악을 해야 한다 같은 말들을 덧붙이며 맞장구를 쳤다. 나는 그 사이에서 유일하게 반대 의견을 펼치고 싶어졌다. 명품을 사는 사람의 심리에는 과시욕 외에 다른 것도 존재할 거라는 복잡미묘한 이야기를 늘어놓으려 했지만 막상 내 입에서 나온 말은,

그거 지금 나한테 하는 소리(는 아니죠)? 였다.

어머, 자기 취했어?

누군가가 말했다.

내 인성이 뭐(가 어때서요)!

내가 소리치자 여기저기서 들리던 직원들의 웃음소리가 잦아들었다.

다 알아요, 이번 달이 마지막인 거……

순식간에 주변이 조용해졌고 어딘가에서 아주 낮게 하이고, 하는 한숨 소리가 들렸다.

김 사원 왜 그래? 누가 그런 말을 해?

부장이 어색하게 웃으며 말했다. 나는 부장을 따라 미소를 지으려 했지만 자꾸 음울한 표정이 지어졌다.

빚을 져서 명품을 사든 차를 사든 아파트를 사든 아무렴 어때요.

그때 익숙한 목소리가 들렸다. 소리가 들린 방향으로 고개를 돌리자 그곳엔 그녀가 있었다. 사람들의 이목이 그녀에게 집중됐다. 그녀는 자리에서 일어나 가방을 멨다. 그러고는 웃는 얼굴로, 죄송한데 먼저 들어가겠습니다, 라고 말했다. 적당한 때를 보던 다른 직원들도 따라 일어났다.

회식이 끝난 다음 날은 숙취 때문에 고생했다. 책상 앞에 앉아 몸속의 알코올이 얼마나 해독되었을지 헤아리다가 책상 유리에 이마를 댔다. 회식 때 그녀를 향해 아무 말도 하지 않아서 다행이라는 생각이 들었다. 정말로 다행이었다. 다른 직원들은 회식 때의 일은 아예 잊은 것 같았다. 평소와 똑같은 표정으로 대화를 하며 아무렇지 않게 인사를 건넸다. 유리에 닿은 이마가 시원했고 그대로 잠이 들었다. 눈을 떴을 땐 나 혼자 사무실에 남겨져 있었다. 시계를 보니 점심시간이었다. 탕비실 냉장고에 있는 유자청이 떠올랐고 그거라도 타서 마셔야겠다는 생각이 들었다.

탕비실로 가는 복도에 그녀의 목소리가 울렸다. 그러나 그녀를 신경 쓸 겨를이 없을 정도로 머리가 아팠다. 탕비실 문을 열어젖혔고 냉장고에서 유자청을 꺼냈다. 최대한 달게 먹고 싶어서 컵에 남은 유자청을 모두 덜었다. 뜨거운 물과 차가운 물을 반반 넣고 저은 뒤 유자차를 들이켰다. 달다 못해 쓴맛이 났다.

등 뒤에서 그녀가 통화하는 소리가 들려왔다. 나는 천천히 뒤를 돌았다. 그녀의 옆모습이 시야에 들어왔다. 그녀의 얼굴은 너무나도 평면적으로 보였다. 분노, 슬픔, 허무, 희망, 동정, 기쁨 같은 게 카오스처럼 휘몰아치고 있는 와중에 이를 한데 모아 아스팔트 포장하듯 기계차로 납작하게 밀어낸 것 같았다. 나는 그동안 내가 마주하던 문제가 탕비실을 누가 쓰느냐 같은 게 아니라 생존이 걸린 아주 골치 아픈 것이었음을 깨달았다.

그녀의 금방이라도 울어버릴 듯한 표정, 벌겋게 충혈된 눈, 당당한 시선, 응, 응 거리는 짧은 말들이 떠올랐다. 그동안 그녀가 던졌던 언어는 어떤 것들이었을까. 그 말들은 도대체 어디로 흘러갔을까. 나는 괜찮아, 괜찮아, 혼잣말을 하며 탕비실을 나섰다.

건호를 찾아서

Y시에 도착하자 새벽 다섯 시 반이었다. 나는 기차역에서 빠져나와 시내로 가는 버스에 올라탔다. 버스에는 이미 두어 명의 승객이 탑승해 있었다. 나는 뒤편으로 걸어가 일인용 좌석에 앉았다. 버스가 움직일 때마다 몸이 이리저리 흔들렸다. 스피커에선 라디오 뉴스가 흘러나오고 있었다. 뉴스는 지난 저녁 어느 아이돌이 강남구에 있는 본인의 자택에서 극단적 선택을 한 일에 대해 보도하고 있었다.

"나이도 어리던데 안타깝다."

맨 앞 좌석에 앉은 사람이 말했다.

"에궁."

버스 기사가 탄식하는 소리를 냈다.

"세상이 말세인 건지 요즘 애들이 나약한 건지."

맨 앞이 근심 가득한 어투로 대화를 이어 나갔다.

"에긍……"

버스 기사가 다시 소리를 냈다.

"언니는 뭐 얼마나 나이가 많고 강하길래 그런 소릴 해요?"

버스 중간, 어중간한 위치에 앉아 있던 사람이 툭 끼어들었다. 맨 앞이 등을 돌려 중간의 얼굴을 확인하더니 멋쩍게 웃었다. 맨 앞과 중간은 초면인 것 같기도 구면인 것 같기도 했다. 버스가 신호에 걸려 멈추었다.

"에이, 살아보니까 영원히 힘든 일도 없고 영원히 슬픈 일도 없다는 거지."

맨 앞이 부드러운 어투로 대꾸했다.

"언니는 모르는 거야. 요즘 애들이 아니니까."

중간이 단호한 목소리로 말했고 버스에 정적이 돌았다. 나는 중간이 말한 '요즘 애들'이라는 단어를 곱씹었다. 그 범주에 나도 해당되는 것 같았지만 요즘 애들이 알고 있는 것을 내가 아는 것 같진 않았다. 중간이 계속해서 말을 이어 나갔다.

"저는 요즘 애들이 문제가 아니라 국가가 문제라고 봐요. 요즘 애들이 이러는 건 결국 국가 때문이라고."

중간이 감정적인 억양으로 말했다.

"에그응……"

버스 기사가 탄식인지 한숨인지 모를 소리를 냈다. 맨 앞은 연신 고개를 끄덕이며 그것도 맞지, 맞아, 라고 대꾸했다. 대화가 어떻게 흘러가든 중간의 비위를 맞춰주기로 한 것 같았다.

나는 눈을 감았다. 나의 아이돌, 아직 데뷔도 못 한 나의 아이돌, 꼭 데뷔를 하고 싶다던 나의 아이돌 건호는 지금 어디서 뭘 하고 있을까. 지난밤 건호는 연습생 생활을 청산했다. 어떤 공식 입장도 없이 본인의 인스타그램에 '사랑하는 사람이 죽었습니다. 연습생 관둡니다'라고 적은 게 전부였다. 자정이 다 된 시간이었고 나는 잠자리에 누운 채로 그 게시글을 보게 되었다. 곧장 일어나 집을 나섰다. 목적지는 건호의 본가가 있는 Y시였다.

기차가 서울을 벗어날 때쯤 나는 왜 Y시에 가려고 하는 건지 생각해 보았다. 나는 건호에게 데뷔해야 한다고 호소하고 싶은 것도 아니었고 미쳤냐고 호통치고 싶은 것도 아니었으며 하염없이 거리를 떠돌다가 건호와 마주치는 우연을 바란 것도 아니었다.

나는 그저 건호가 사랑하는 사람, 죽었다는 사람이 누구인지 확인하고 싶었다. 도대체 누가 죽었길래 그 사람이 죽었다는 이유로 꿈을 접게 된 건지 궁금했다. 나는 팬이라는 이유로 건호를 꽤 알고 있다고 여겨 왔지만, 그 게시글을 본 순간 건호를 티끌만큼도 모르고 있었다는 걸 깨달았다. 나는 건호가 사랑하는 사람 때문에 아이돌이 되려고 했던 건지, 아이돌을 때려치우고 싶어서 아무 핑계나 대는 건지, 그도 아니라면 정말 국가적인 문제라도 개입된 건지 아는 게 전혀 없었다. 물론 Y시에 간다고 한들 알 수 있는 건 아니었지만 가만히 누워 밤을 지새우고 싶지는 않았다.

*

처음 건호를 본 건 일 년 전이었다. 나는 동해안의 수리포 해수욕장에서 모래사장을 걷고 있었다. 바닷가를 걷다 보면 기분이 좋아질 줄 알았는데, 아무리 바닷바람을 맞고 파도 소리를 들어도 기분은 좋아지지 않았다. 오히려 무엇을 기대하고 여기까지 온 건지 회의가 들었다.

나는 남편과 이혼 절차를 밟는 중이었고 머지않아 혼자 살아야 했다. 회사 근처에 집을 구하는 게 정해진 수순이었지만 새로운 곳에서 새롭게 시작하고 싶다는 생각을 떨칠 수가 없었다. 내가 모르고, 나를 모르는 곳을 찾아다녔고 그 결과 주말마다 전국 곳곳을 떠돌게 되었다. 그날은 수리포가 목적지였다.

  모래사장 중간에 어설프게 세워진 무대가 있었다. 가까이 다가가자 '제2회 수리포 축제'라고 적힌 현수막이 보였다. 축제는 얼핏 보기에도 작은 규모였다. 현수막에 적힌 초청 가수 목록을 훑어봤지만 낯익은 이름이 하나도 없었다. 무대에 다섯 명의 남성이 올라섰다. 모두 마른 체형에 캐주얼한 옷을 입고 있었는데, 그래서인지 고등학생으로 구성된 취미 동아리 같았다.

  무대를 하기에 앞서 리더로 보이는 한 명이 나와 자신과 멤버들을 어느 기획사에 소속된 연습생이라고 소개했다. 그러면서 정식으로 데뷔하기에 앞서 무대를 경험할 기회가 생겨 기쁘다고 했다. 앞으로 강원도에서 열리는 행사란 행사는 전부 돌아다닐 예정이니 많은 관심 가져달라고 했다.

  나는 리더의 말이 무슨 뜻인지 도무지 이해되지 않았다. 그러다가 나름 추론을 해보았는데, 연습생에도 단계가 나뉘어 작은 무대라도 설 수 있는 연습생이 있고 그렇지 못하는 연습생이 있는 모양이었다. 규모야 어찌 되었든 무대에 서는 순간 데뷔한 거 아닌가 싶긴 했지만 리더가 말하는 걸 봐선 정식 데뷔는 따로 있는 것 같았다.

  군데군데에서 짧은 박수 소리가 났고 이윽고 반주가 흘러나왔다. 한 번도 들어본 적 없는 노래였지만 딱히 낯설지는 않았다. 거리 위에 흘러나오는 그저 그런 노래들 같았다. 좋다, 나쁘다, 할 감상도 들지 않는 그런 노래. 본인들의 노래인지 어느 기성 가수의 노래인지도 알 수 없었다.

리더는 그런 노래에 모든 힘을 쏟아내듯 열렬하게 춤을 추었다. 그러나 종잇장처럼 마른 몸매라 그런 건지 실력이 형편없는 건지 잘 춘다기보다 허우적대는 인상이 더 강했다. 허우적대는 몸과 달리 표정이나 스텝은 진지하고 신중해 보였는데, 다른 멤버들도 비슷한 느낌으로 허우적대고 있어서 원래 안무가 이런 걸지도 모른다는 생각마저 들었다.

관객이라고는 주변을 걷다가 잠시 구경하고 다시 제 갈 길을 가는 뜨내기뿐이었다. 조악한 보라색 조명과 일 미터 정도의 낮은 무대, 종잇장 같은 몸으로 춤을 추고 있는 멤버들을 보고 있자니 관객과 가수의 경계가 금방이라도 허물어져 버릴 것 같은 기분이 들었다. 파도가 모래성을 휩쓸어 버리듯 아주 쉽게.

수리포에서 집으로 돌아왔을 때, 내 머릿속은 수리포의 풍경 대신 허우적대던 동작들로 채워져 있었다. 수리포에 가서 알아 온 것들, 이를테면 대형 카페 하나 없는 동네라는 것과 회나 조개구이보다 어죽과 어탕을 파는 가게가 더 많다는 것, 바로 윗동네에 리조트가 있지만 여행객이 거의 보이지 않았다는 것은 내게 중요하지 않았다. 내게 중요하게 자리 잡은 건, 형편없어 보였지만 모두가 그렇게 추고 있었고 그래서 원래 그런 춤인 것 같던 춤과 그 춤을 열정적으로 추던 리더의 모습이었다.

무대를 다시 보고 싶었지만 노래 제목은 물론이고 그룹명도 기억나지 않았다. 인터넷에 수리포 축제를 검색해 블로그와 카페를 뒤적였지만 특별한 내용을 찾지 못했다. 한참을 뒤적이다가 관련 내용을 찾은 건 뉴스란에서였다. 지역 신문사에서 작성한 수리포 축제 기사였다. 반신반의하며 클릭한 기사 내용 안에서 리더의 사진과 그룹명을 찾을 수 있었다.

그룹명은 온리즈. 한뮤직이라는 중소 기획사의 연습생 그룹. 공중파 방송 한 번 나온 적 없음. 대신 유튜브 영상은 자주 찍는 편. 노래 제목은 썸머. 온리즈의 유일한 곡. 리더의 이름은 건호. 취미는 작사 작곡. 인스타그램 계정은 v.gnho. 게시글은 없었다. 프로필에는 달랑 이름이 적혀 있었고 그 밑에 링크 하나가 올라와 있었다. 링크를 누르자 에스크 페이지가 나타났다. 누군가가 익명으로 질문하면 건호가 답변을 해주는 방식이었다. 에스크 페이지는 크게 피드, 새질문, 거절질문으로 나뉘었는데 피드는 모두에게 공개된 부분이었고, 새질문과 거절질문은 회색 글씨로 되어 눌리지 않는 걸 보니 건호만 볼 수 있는 것 같았다.

가장 최근에 올라온 질문은 이틀 전이었다. 뭐 해? 라는 질문이었고 연습했어요, 라는 답변이 달려 있었다. 나는 누군가의 일기장을 훔쳐보는 것처럼 조심스럽게 건호의 에스크 페이지를 읽어 내렸다.

거위: 몇 살이야?

건호: 스무 살이요.

비둘기: 언제 데뷔해?

건호: 글쎄요.

개: 조인성 닮았어요!

건호: 예? (나는 여기서 건호가 '네?'가 아닌 '예?'를 사용하는 점이 스무 살답지 않다고 느꼈다. 그리고 다시 한번 건호의 사진을 찾아봤다.)

고슴도치: 요즘에도 작곡해요?

건호: 네! 썸머 제작에도 참여했으니 많이 들어주세요. (변변찮은 노래였는데……)

까치: 나랑 사귈래?

건호: 그래. (건호는 주로 존댓말로 답변했지만 여기선 반말을 사용했다.)

건호는 애교를 떠는 경우가 거의 없었고 이모티콘이나 하트도 전혀 사용하지 않는 마당에 존댓말까지 써서 답변이 죄다 딱딱해 보였다. 그러나 에스크 페이지를 회사에서 시

켜 마지못해 운영하고 있다는 생각은 들지 않았는데, 사적인 질문에도 성실하게 답변을 해주어서였다. 무시하고 넘어갈 수도 있는 질문도 건호는 지나치지 않고 답변을 달았다.

  고릴라: 자퇴는 왜 했어? (자퇴라면 중학교일까? 고등학교일까?)

  건호: 알 만한 사람들은 다 아는데요……

  토끼: 철도엔 이제 안 와?

  건호: 본가도 틈틈이 갑니다. (철도는 어디며, 거기에 본가가 있다고?)

  펠리컨: 최수현이란 사람 어때?

  건호: 원수 같은 사람이에요. (도대체 최수현이 누구야?)

  나는 건호가 한 줄씩 흘려주는 사적인 답변에 빠져 천 개가 넘는 질문을 한 시간 만에 몰입해서 읽었다. 그중 어떤 질문은 반복해서 들여다보기도 했는데, 가장 인상 깊은 질문과 대답은 아래와 같았다.

  고라니: 좋아하는 사람이 있는데 열 번 찍으면 넘어올까?

  건호: 음…… 그 사람이 나무가 아니잖아요.

  질문은 열 번 찍어 안 넘어가는 나무 없다는 속담에서 연장된 거였다. 속담에서 나는 항상 나무꾼 역할이었다. 나무가 무엇인지는 중요하지 않았다. 새로 맡은 프로젝트든 합격해야 할 시험이든 좋아하는 상대든 내게 나무는 열 번 찍어야 할 대상일 뿐이었다. 나 자신이 나무가 될 수도 있다고는 한 번도 생각해 본 적 없었고 나무가 된 사람에 대해서도 생각한 적 없었다. 그런데 건호는 나의 반대편에 서서 나무에 대해, 나무가 된 사람에 대해 생각하고 있었다. 그래, 사람이 나무는 아니지. 열 번 찍으면 안 되지. 나는 건호의 말에 동의했다. 나와는 너무 다른 건호였지만 그래서 더 좋았다.

*

"이제 우린 어떻게 해?"

차 안의 적막을 깨고 남편에게 물었다. 운전대를 잡은 채 전방을 주시하고 있던 남편이 한참 후에 대답했다.

"뭘 어떡해? 어떻게 할 것도 없이 그냥 아무것도 없는 거지."

간단명료한 답변이었다. 나는 창밖으로 고개를 돌렸다. 초여름이었지만 바깥엔 뙤약볕이 내리쬐고 있었다. 거리는 여름의 열기를 버티지 못하고 하얗게 소멸해 버릴 것 같았다. 애초에 아무것도 없었던 것처럼. 모든 게 쉽다 못해 불쾌할 정도로 경박하고 가벼웠다. 그리고 그 중심에 남편이 있었다.

평소와 같은 정기 검진이었다. 초음파 화면을 보던 의사의 표정이 좋지 않았다. 태동을 느낀 게 언제냐고, 의사가 물었다. 나는 유독 상쾌해하며 눈을 뜬 그날 아침을 떠올렸고 아무 말도 하지 못했다. 의사가 나를 물끄러미 쳐다보았다. 마지막 태동이 언제냐는 질문과 정적이 흐르는 상황만으로도 나는 내게 어떤 일이 일어났는지 알 수 있었다. 그 후로는 모든 게 빠르게 흘러갔다. 병원을 알아보고 가장 이른 날짜로 수술 일정을 잡고. 수술을 마치고 집으로 돌아가는 길이었다.

"쌀국수 먹으러 갈까?"

남편이 핸들을 오른쪽으로 틀며 제안했다. 근래 들어 내가 자주 찾던 메뉴였다. 이제는 먹고 싶지 않았다. 창밖에서 개 한 마리가 산책을 하고 있었다. 견주가 개를 잡아끌며 최대한 그늘에서 그늘로 걸어갔다. 그때마다 개는 바닥에 코를 박고 인도 옆 화단으로 들어가려 했다. 화단은 그늘 한 점 없었다. 견주가 강하게 목줄을 잡아당기자 개가 마지못해 그늘로 끌려갔다. 오토바이 한 대가 시끄러운 엔진 소리를 내며 개 옆으로 빠르게 지나갔다. 깜짝 놀란 개가 짖어댔다. 뙤약볕과 그늘, 개와 열기, 엔진과 오토바이. 모든 게 끝이었다. 갑자기 생긴 아이도, 배가 부르기 전에 치른 결혼도, 어차피 결혼할 사이였다는 합리화도 모두 끝이었다. 이제 나는 어떻게 되는 거지. 창밖에선 여전히 개 짖는 소리가 들려왔다.

"차라리 다행인 걸지도 몰라. 너무 갑작스러웠잖아."

남편이 말했다. 나 역시 갑작스러운 임신이 당황스럽기는 했었다. 급하게 예식을 치렀고 신혼집을 구했으며 상견례도

대출도 생전 처음이었지만 어떻게든 해치웠다. 집 안에 가전이니 가구니 하는 것들을 채워 넣으면서 정신이 하나도 없었고 힘들다고도 생각했다. 그러나 이런 일을 겪었다고 해서 지금의 상황이 차라리 다행이라고는 생각되지 않았다.

저 멀리 신호등에 노란불이 들어왔다. 차의 속도가 느려졌다. 빨간불이 들어오자 차가 완전히 멈추었다. 남편이 나를 빤히 쳐다보는 시선이 느껴졌다. 나는 차 문을 열고 멈춰 있는 차들 사이를 빠져나갔다. 인도 위로 올라가 왔던 길을 되돌아갔지만 짖던 개는 보이지 않았다.

*

건호는 열흘에 한 번꼴로 라이브 방송을 진행했다. 시청자가 오십여 명 정도인 방송이었다. 그마저도 사람들이 나갔다가 들어오기를 반복해서 오십 명에서 삼십 명 사이를 왔다 갔다 했다.

"오늘은 새로운 곳에서 방송을 하려고요."

건호는 혼자 떠드는 게 익숙했고 자연스럽게 여기가 어디인지 맞혀 보라며 퀴즈를 내었다. 건호의 등 너머로 베이지색 벽지와 붙박이장 그리고 고동색 방문이 얼핏 보였다. 댓글창에 숙소, 연습실 같은 공간들이 등장했다.

"짜잔, 여긴 형이 새로 이사 온 집이에요."

건호가 밝은 목소리로 말했다. 나는 방으로 다시 시선을 옮겼다. 찬찬히 보니 밝고 깔끔한 게 신축 같았다. 댓글창에 형이 사는 집을 이렇게 공개해도 되는 거냐며 장난 섞인 걱정들이 올라왔다. 팬들의 우려와는 달리 건호는 서프라이즈 이벤트에 성공한 것처럼 즐거워 보였다. 한술 더 떠서 오랜만에 고향인 Y시에 왔다고 설명했다. 회사가 서울에 있어 본가에 좀처럼 올 수가 없었는데 오랜만에 왔더니 바뀐 게 많다고 했다.

건호는 형의 이사를 도우면서 경제적인 부분을 가장 걱정했다. 이사 갈 집의 전세금을 마련하는 것부터 기존에 살던 집의 보증금을 온전히 돌려받는 것까지 걱정이 많았다. 전세금은 형과 건호가 모아둔 돈으로 해결하려 했으나 결국 대출을 해야 했다. 나는 연습생 신분으로 전세 대출을 받을 수 있는지 궁금했지만 건호는 그 부분에 대해서는 더 이상 언급하지 않았다.

건호는 집을 구할 때 형이 너무 까다롭게 굴었다며 이사 이야기를 계속했다. 건호네 형은 몇 달에 걸쳐 발품을 팔았고 옵션으로 가전제품이 얼마나 들어가 있는지 확인하고 다녔다. 게다가 아토피를 앓아서 해가 잘 들어오고 맞통풍이 치는 집을 고집하기도 했다. 이사 이야기가 길어졌고 나는 조금 지루해졌다.

"우리 형이지만 최수현이란 인간 정말 깐깐해요."

건호가 말했다. 에스크 페이지에 보았던 최수현이라는 이름이 떠올랐다. 원수지간이라던 사람이 형이었다니. 건호 말에 따르면 건호와 수현은 학생 때부터 돈을 벌었다. 특히 건호는 중학생 때부터 일을 해서 고깃집 서빙, 우체국 상하차, 롯데리아 주방 등 안 해본 일이 없을 지경이었다. 그러다가 고등학교 2학년으로 올라갈 무렵에 연습생 생활을 하게 되었다. 시간은 한정적이고 돈은 조금이라도 벌어야 했기에 결국 학교를 관두고 연습과 아르바이트를 하게 되었다. 건호는 지금도 간간이 야간에 물류 창고 아르바이트를 하며 지낸다고 했다. 그렇게 모은 돈을 전세금으로 쓴 거였다.

―힘들어서 어떡해요.

누군가가 댓글을 달았다. 건호가 반가운 표정으로 댓글을 읽더니 그래도 언젠가는 데뷔해서 성공하지 않겠냐고 했다.

―데뷔하기엔 너무 늙었지.

다른 누군가가 댓글을 달았다. 오십여 명밖에 없는 시청자 중에도 안티가 있는 모양이었다.

"우울한 날에는 그런 생각도 들어요. 이미 늦었다고."

댓글을 본 건호가 대답했다. 안티의 말에 쉽게 수긍하는 모습을 보고 있자니 안타까웠다. 나는 댓글창에 곧 데뷔할 수 있으니 힘내라고 적었다. 전송 버튼을 누르려는데 누군가 댓글창에 하트 이모티콘을 보냈다. 너도나도 하트를 올렸고 댓글창에 하트가 남발했다. 나는 썼던 내용을 지우고 똑같이 하트를 보냈다.

"그래도 여러분 덕에 힘이 나요."

건호가 희미하게 웃으며 말했다. 건호 뒤로 베이지색 벽면에 붉은 노을이 물들어 있었다. 방송이 끝나고 나는 침대 위에 누워 멍하니 천장을 바라봤다. 만약 내가 건호처럼 라이브 방송을 하면 어떨지 상상해 보았다.

안녕하세요, 잘 지내시죠? 저는 잘 지내요. 이혼 절차도 막바지 단계에 접어들었고요. 열흘만 지나면 완전 끝이에요. 혼자 사는 거지요. 하하, 지금은 잠시 친정에서 살고 있어요. 계속 친정에서 사는 방법도 있긴 한데 부모님께 손 벌리고 싶진 않아요. 부모님은 제가 이혼하는 거 이해 못 하세요. 남편이나 나나 잘못한 게 아닌데 왜 이혼하냐고 난리거든요. 그렇죠, 사산했다고 모든 부부가 이혼하지는 않죠. 그런데 사산을 다행이라고 치부하는 사람과 같이 살 수는 없더라고요. 아무리 이해하려 해도 안 되고요. 어떤 다름은 이해가 되는데 왜 어떤 다름은 이해가 안 될까요.

저는 요즘 혼자 살 집을 알아보고 있어요. 신혼집 마련한 지 일 년도 안 되었는데, 그걸 내놓고 또 새로운 집을 구해야 한다니. 집 문제 지긋지긋해요. 그래도 어떡하겠어요. 알아봐야죠. 회사 근처로 알아봐야 하는데 한편으론 아예 새로운 곳에서 살고 싶기도 해요. 아무 연고도 없는 곳에서 말이에요.

—그냥 회사 근처에서 사는 게 나을 듯.

그렇겠죠? 그런데 회사 근처는 좀 비싼데…… 지금 사정상 무조건 월세로 가야 해요. 언젠가는 전세로 가야겠지요. 또 언젠가는 자가가 있으면 좋겠고. 차도 하나 사야 할 테고. 이걸 언제 다 할 수 있나 걱정이 되긴 하네요. 하하, 이런 얘기 여러분 앞에서 잘도 하죠? 민망하네요.

*

너구리: 열심히 준비하던 일이 있었는데 어느 날 갑자기 무산됐어. 이럴 때 너라면 어떡할래?

건호: 잠시 쉬고 다시 준비할 것 같아요.

나는 건호의 답변을 반복해서 읽었다. 만약 남편이 아니라 건호였다면, 그때 내가 들은 게 아무것도 없다는, 차라리 다행이라는 소리가 아니라 잠시 쉬고 다시 준비하자는 소리였다면 나는 어떤 선택을 했을까.

이혼 절차가 끝났지만 나는 회사를 관두지도, 친정으로 들어가지도, 새로운 터를 정하지도 못했다. 어영부영 시간만 흘렀고 결국 회사 근처에서 월세를 구하기로 했다. 비싸도 어쩔 수가 없었다. 좀 더 떨어진 동네라고 해서 저렴한 것도 아니었기에 차라리 가까운 곳을 택하는 게 나았다. 한 가지 다행인 건 남편과 살던 집에 아직 세입자가 들어오지 않아 짐은 여유롭게 빼도 된다는 점이었다.

새로 알아본 방은 8평의 원룸이었다. 입주가 시작된 지 얼마 되지 않은 오피스텔 건물이었다. 보증금과 월세는 주변과 비슷한 수준이었고 새로 지었다는 점이 장점이었다. 책상과 옷장 같은 것들이 붙박이로 되어 있고 냉장고와 세탁기 겸 건조기가 옵션으로 들어가 있었다. 침대와 컴퓨터 의자를 놓으면 꽉 차는 공간이었다. 현관에서 방 끝까지 열 발짝이면 닿는 크기의 방이었지만 혼자 살기엔 충분했다.

계약 일정을 잡는 내내 부동산 사장은 타이밍이 좋다는 소리를 반복했다. 2주 전부터 입주가 시작된 건물인데 빠르게 방이 나가고 있다면서. 내가 계약하고 나면 이제 저층과 비싸게 내놓은 방만 남는다고 했다. 그러면서 요즘 신축은 단열이 잘되어 있어 냉난방료가 많이 나오지 않는다고 자랑하듯 말했다. 관리비가 어느 정도 나오냐는 나의 질문에 사장은 걱정하지 말라는 애매모호한 답변을 했다.

나는 등기부등본과 건축물대장을 요청했다. 부동산에 오

기 전 미리 인터넷으로 알아본 내용이었다. 계약하는 방에 대출금은 얼마나 있는지 소유권은 누구에게 있는지 불법건축물은 아닌지 확인하기 위해서였다. 부동산 사장은 당연히 확인해야 하는 부분이라며 당당하게 서류를 출력해 보여주었다. 그러면서 아무런 문제가 없는 집이라고 덧붙였다. 확인해 보니 부동산 사장의 말대로 별 내용이 없었다.

계약을 마친 날, 나는 바로 짐을 옮겼다. 짐이라고 해봤자 침구와 옷 정도였다. 신혼집에 있는 가전과 가구 중 마음에 드는 게 몇 개 있었지만 모두 팔기로 합의한 부분이었다. 얼마 안 되는 짐이었지만 닦고 정리하다 보니 반나절이 흘렀다. 어두운 방 안에 이불을 펴고 눕자 온전하게 혼자가 된 기분이 들었다.

*

눈을 떴을 때 버스 안은 조용했다. 승객은 나 하나뿐이었다. 푸르스름하던 하늘은 사라지고 해가 떠 있었다. 다음 정거장은 시내 입구라는 안내 방송이 나왔고 나는 하차벨을 눌렀다. 버스 정거장에서 장례식장까지는 도보로 십 분 거리였다. Y시에는 종합 병원이 하나였고 Y시에 사는 사람이라면 대부분 거기서 장례를 치르는 것 같았다. 건호가 사랑하는 사람이 Y시 사람이라면, 그 사람 역시 거기서 장례할 확률이 높았다.

장례식장 1층에는 커다란 안내 화면이 설치되어 있었다. 나는 1층 입구에 서서 화면을 들여다보았다. 낯선 이름들이 띄워져 있었고 그 누구도 건호가 사랑하는 사람이라고는 여겨지지 않았다. 허무함이 밀려드는 순간 익숙한 이름 하나가 눈에 밟혔다. 201호 최수현. 건호가 원수지간이라고 깐깐하다고 불평하던 수현이었다. 나는 혹시 하는 심정으로 2층으로 올라갔다. 201호 입구 앞에 놓인 화환 두 개 중 하나에 한뮤직이라고 적혀 있었다. 건호가 있던 소속사였다. 건호가 사랑하는 사람이, 지난밤 죽었다는 사람이 형이라는 게 확실했다.

칠십 대 후반으로 보이는 할머니 한 분이 빈소 안쪽에서 나를 빤히 쳐다보고 있었다. 할머니는 멀리서 봐도 곧 쓰러질 사람처럼 지친 기색이 역력했다. 이른 아침이어서인지 조문객이 없었다. 나는 건호가 있을 거라 생각하며 빈소로 들어갔다.

어색하게 봉투를 부의함에 넣고 영정 사진 앞으로 다가갔다. 향을 피우고 절을 하면서 영정 사진 속의 수현을 보았다. 건호와 닮은 얼굴이었지만 다른 인상이었다. 나이는 기껏해야 건호보다 두세 살 많아 보였다. 사진을 보고 있으니

수현이 왜 죽었는지 도무지 가늠되지 않았다. 수현은 어리고, 웃는 게 잘 어울리고, 아픈 기색이 없는, 죽음과는 거리가 먼 사람처럼 보였다.

"와주셔서 감사합니다."

할머니가 말했다. 건호는커녕 다른 가족들도 보이지 않았다. 나는 할머니에게 다른 가족들은 어디 있으며 수현은 왜 죽었는지, 무엇보다 건호는 왜 없는지 묻고 싶었지만 꾹 참았다.

"수현이 친구?"

할머니가 긴가민가한 표정으로 물었다.

"아니요."

내가 답했다. 오면 안 되는 곳에 왔다는 죄책감이 들었다. 밖으로 나가기 위해 서둘러 출구로 향했다.

"그럼?"

할머니가 신발장까지 따라 나왔다.

"건호 지인이에요. 예전에 일하다가 만난."

뻔뻔하게 거짓말이 튀어나왔다.

"건호? 어쩌지 건호는 지금 없는데……"

할머니가 말했다. 건호는 왜 빈소에 없는 걸까. 할머니의 눈시울이 붉어지더니 얼굴의 붉은 반점들이 진하게 올라왔다.

"또 아파트에 간 것 같아. 누리아파트에. 원래도 건호가 난리였는데 수현이가 이렇게 되고 얼마나 날뛰는지……"

할머니가 바닥에 주저앉아 말했다. 할머니의 어깨가 왜소하고 동그랬다.

*

누리아파트는 장례식장에서 도보 삼십 분 거리에 있었다. 왔던 길을 되돌아 버스 정거장까지 갔다가 주거지 방향으로 걸었다. 골목 안으로 들어서자 빌라촌이 나타났다. 지어진 지 오래되어 빛바랜 간판이 걸린 빌라도 있었고 분양 상담 현수막을 걸어 놓은 신축 빌라도 있었다. 와중에 빌라인지 오피스텔인지 모를 높은 건물도 몇 채 보였다. 골목 양옆으로 자동차들이 불법 주차를 해놓아서 길이 좁았다. 걷다가 맞은편에서 차가 오면 잠시 불법 주차된 차들 사이로 들어가야 했다.

누리아파트는 아파트라는 이름이 붙여진 게 무색할 정도로 주변의 빌라들과 비슷한 모양새였다. 총 두 개의 동으로 되어 있었고 일 층은 필로티 형식이었다. 십오 층을 훨씬 웃도는 높이만이 그나마 주변의 빌라와 다른 점이라면 다른 점이었다. 아파트 공동 현관으로 이어지는 벽면에 새빨간 현수막이 걸려 있었다. 경매 장사는 2차 가해! 당신의 지인이 살고 있습니다. 유리문 앞에는 '호소문'이라는 제목의 커다란 포스터도 붙어 있었다. 이곳은 조직적 전세 사기 피해 아파트입니다. 건물 전체가 깡통입니다. 경매꾼들은 사건이 해결되기 전까지 경매 낙찰을 중지해 주십시오. 집이 매각되면 피해자는 보증금을 잃고 쫓겨나게……

나는 호소문을 읽다 말고 도로로 나갔다. 건물을 올려다보며 이곳이 누리아파트가 맞는지 다시 한번 확인했다. 건물 벽면에 '누리아파트'라는 이름이 파랗게 페인트칠 되어 있었다. 올 때는 미처 보지 못했던, 몇몇 세대가 창문에 걸어둔 빨갛고 까만 현수막이 그제야 시야에 들어왔다.

나는 전세 사기에 대한 뉴스를 본 적이 있었고 그로 인해 사람이 죽었다는 것도 알고 있었지만, 그 집들이 어디에서 어떤 모습으로 위치하고 있는지는 몰랐다. 또 어떤 사람이 어떤 심정으로 죽은 건지도 전혀 몰랐다. 이렇게 누리아파트 앞에 서 있으니 멀다고 여겼던 일들이 매우 가깝게 느껴졌다.

아파트 맞은편 골목 끝에 부동산이 있었다. 나는 부동산으로 들어갔다. 누리아파트에 대한 이야기를 듣고 싶었다. 정확히는 앞으로 누리아파트가 어떻게 되는 건지, 그러니까 건호가 어떻게 되는 건지 궁금했다. 부동산 안에는 사장으로 보이는 사람과 삼십 대로 보이는 손님 한 명이 테이블을 사이에 두고 앉아 있었다. 나는 간단하게 인사를 한 뒤 누리아파트에 관심이 있다고 바로 본론을 밝혔다. 사장이 안경을 치켜올리며 나를 쳐다봤다. 그러더니 요즘 젊은 사람들은 참 적극적이라고, 매수도 매매도 턱턱 진행한다고 했다. 사장이 앞에 앉으라며 손짓했다.

"같이 설명할게요."

사장이 입을 뗐다.

"월세는 오십에서 육십 생각하면 돼요. 번화가랑 가까워서 수요도 꾸준하고요."

사장이 설명했다.

"오십이라."

손님이 골몰하는 표정으로 혼잣말을 했다.

"월세요?"

내가 물었다. 옆자리에서 뭐 그런 당연한 걸 묻냐는 눈빛으로 나를 흘겨보는 게 느껴졌다.

"아무래도 당분간 전세는 힘들겠죠. 들어오려는 사람이 없을 거예요. 그래도 지금 소개해 드리는 집은 세입자가 협조적인 편이에요. 죽네 마네부터 시작해서 낙찰했다간 집 내부를 부수겠단 사람도 있으니까요."

사장이 목소리를 한 톤 높여 말을 이었다. 나는 순간 건호와 수현이 떠올랐지만 최대한 침착한 표정으로 사장을 응시했다.

"그래도 이 집도 전세 사기 피해자니까 이사비 정도는 주셔야 해요."

사장이 덧붙였다.

"얼마요?"

손님이 바로 질문했다.

"글쎄요. 적게는 백, 많게는 삼백 아니겠어요? 저도 잘 모르겠네요. 그 부분은 세입자와 협의하셔야 할 것 같아요."

사장의 목소리가 작아졌다.

"이사비만 주면 되는 건가요?"

손님이 물었다.

"뭐 보통은 그렇지요. 경우에 따라서 다르기도 하겠다만. 그런데 세입자가 그 이상 요구하면 그것도 이상한 거죠. 이사비도 나름 상황을 봐서 선처해 주는 건데. 엄한 데에서 돈 뜯어내려고 하면 문제지요. 문제."

사장이 대답했고 손님이 길게 한숨을 내뱉었다.

"성가셔도 기회는 기회예요. 이 물건 지금이나 이렇게 싸지 한 달 전만 해도 세 배였어요. 주변 다른 집들도 두 배가 넘는 가격이고요."

사장이 말했다.

"세입자가 골치 아파서 그렇죠."

손님이 말했다.

"세입자가 신경 쓰이긴 하죠. 그래도 리스크 없는 투자는 없으니까요. 세입자야 뭐, 언제까지고 안 나가고 버틸 수 있겠어요? 결국 그 사람들도 입찰을 하는 것 말고는 방법이 없어요. 그게 불가능하면 나가야죠."

사장이 말했다.

"하긴 발악하며 버티는 것도 한두 번이지 열 번 찍어 안 넘어가는 나무 없으니까."

손님이 동조했다.

"저기요."

나는 자리에서 벌떡 일어났다.

"그래도 거기에 사람이 살잖아요. 사람이."

두 사람이 이상하다는 표정으로 나를 올려다보았다.

*

부동산에서 나와 다시 누리아파트로 향했다. 아파트 앞에 서자 건호가 드나들었던 공간을 잠시나마 공유하는 기분이 들었다. 수현이 새로운 삶을 시작하려고 했던 곳, 어떤 날은 건호가 찾아와 라이브 방송을 했던 곳, 형과 할머니에게 자신의 돈이 들어간 집이라고 생색 아닌 생색을 내던, 그런 곳에 내가 서 있다는 사실이 생소하게 느껴졌다.

아파트 공동 현관에서 사람이 걸어 나왔다. 얼굴을 제대로 보지 못했지만 나는 직감적으로 건호라는 걸 알 수 있었다. 건호는 기타를 들고 쓰레기장으로 걸어가더니 바닥에 기타를 내팽개쳤다. 기타를 버리다니. 작곡할 때 쓰던 게 틀림없었다. 나는 쓰레기장으로 다급하게 걸어갔다.

"저기."

나의 부름에 건호가 멈춰 서서 나를 쳐다보았다. 머릿속에 팬이에요, 라는 말이 떠올랐지만 이 상황에서 나를 소개하고 싶지는 않았다.

"그거 버리는 건가요?"

내가 물었다.

건호는 대답이 없었다. 모자에 마스크까지 쓰고 있었고 그래서 어떤 표정을 짓고 있는지 알 수가 없었다. 나는 건호 쪽으로 다가가던 발걸음을 멈추었다. 비록 건호의 얼굴을 보진 못했지만 이렇게 코앞에서 보았으니 하고 싶었던 일은 모두 한 셈이었다. 이제 그만 집으로 돌아가야 할 때였다.

"저기, 우리 본 적 있죠?"

건호가 가까이 다가오며 물었다. 그러더니 내 쪽으로 얼굴을 들이밀었다. 나는 순간 고개를 돌려 버렸다.

"수리포인가."

건호가 말했다. 얼마 없는 관객 중 나를 보았던 모양이었다. 당시 나는 팬이 아니었고 아무런 호감도 관심도 없었기에 오히려 무대 앞 한가운데에 서서 건호를 빤히 쳐다볼 수 있었다. 모여들었다가도 쉽게 이탈해 버리는 관객들 속에 우뚝 선 내 모습을, 건호는 지켜보고 있었던 것이다.

건호는 우연히 거리에서 동창을 만난 것처럼 반가워했다. 마스크 밑으로 화색이 도는 게 보였고 팬을 알아본 게 그렇게나 기쁜 건가 싶었다. 눈앞에 있는 건호는 무대 위에 있을 때와 라이브 방송을 하던 때와는 달랐다. 날카롭고 차가운 인상이 아닌 둥글고 앳된 영락없는 스무 살의 모습이었다. 그 모습을 보고 있자니 건호에게 해줘야 할 말이 단박에 떠올랐다.

"맞아요, 수리포. 저 그때 정말 힘든 일이 있었는데 덕분에 견딜 수 있었어요."

나는 천천히 또박또박 말했다.

"항상 응원할게요. 힘내요."

말을 뱉고 나자 이 말을 하기 위해 Y시까지 온 것 같다는 생각이 들었다. 나는 건호가 뭐라고 대답하기도 전에 등을 돌려 냅다 달렸다. 골목길에 발소리가 크게 울렸다. 어느 집에서 개 짖는 소리가 났다. 한 마리가 짖자 다른 집의 또 다른 개도 짖어댔고 그렇게 동네 개들이 짖기 시작했다. 개 짖는 소리는 아무리 달려도 그치지 않았고 정거장 방향으로 갈수록 더 커졌다. 이렇게 빠르게 달리는 건 아주 오랜만이었다. 가게 유리창에 비친 내 모습은, 허우적대는 것처럼 보였다.

*

기차가 Y시를 벗어나자마자 비가 오기 시작했다. 빗줄기는 점점 굵어지며 멈출 기미가 안 보였다. 핸드폰에 호우주의보 알람이 울렸다. 기차에서 내렸을 때 나는 편의점에서 우산을 사야 할지 고민하다가 역 앞에서 택시를 타고 가기로 정했다. 택시를 타고 집 앞에서 내리면 비를 거의 맞지 않을 것 같았다.

택시 탑승장은 역전과 연결되어 있어 비를 맞지 않았다. 문제는 택시에서 내릴 때였다. 택시에서 오피스텔 건물 입구까지는 열 발짝도 되지 않는 짧은 거리였다. 그러나 너무 많은 비가 내려서, 마치 누군가가 물이 가득 든 양동이를 한순간에 내 머리 위에서부터 쏟아낸 듯이 비가 내려서, 고작 열 발짝밖에 되지 않는 거리에도 옷이 홀딱 젖어버렸다. 당황해서인지 놀라서인지 눈물이 날 것처럼 감정이 북받치는 것도 잠시, 비를 피할 필요가 없다는 공허함이 들며 정신이 또렷해졌다.

나는 집에 도착하자마자 젖은 옷을 벗었다. 빨래통으로 옷을 쑤셔 넣었는데 그 뒤로 벽에 얼룩이 진 게 보였다. 얼룩은 천장 모서리까지 이어져 있었다. 젖은 부분은 얼핏 봐도 손바닥보다 커 보였다. 지어진 지 한 달 된 건물에 비가 새다니. 계약할 때는 미처 예상하지 못한 부분이었다. 등기부등본이니 건축물대장이니 하는 것들을 몇 번이고 들여다보며 이 정도면 꼼꼼하게 따져가며 계약했다고 여겼지만 비가 샐 줄은 정말이지 예상하지 못했다. 얼룩에 손을 갖다 대지 않아도 축축함이 전해졌다.

주유소 캐노피 아래에서
슬라임을 생각한다는 건

토요일 오후, 케이는 여느 때처럼 영화를 틀었다. 주인공이 황무지에서 드라이브를 하는 영화였다. 황량한 모래 언덕과 독특한 모양의 바위, 낮은 키의 나무가 화면에 나타났고 나무 사이를 낡은 자동차 한 대가 흙먼지를 일으키며 달렸다. 케이는 이 장면을 몇 번이고 돌려 보다가 소파에서 벌떡 일어났다. 창밖에는 해가 높이 떠 있었다. 배낭을 집어 들었다. 그 안에 속옷 한 벌과 세면도구를 넣었고 무언가를 더 넣어야 할 것 같아 집 안을 몇 바퀴 돌았으나 마땅히 챙길 만한 건 없었다.

　케이는 운전석에 올라타 시동을 켰다. 목적지가 있는 건 아니었기에 멍하니 내비게이션 화면을 바라봐야 했다. 어디로 갈까 고민하다가 저수지를 떠올렸다. 특별히 가고 싶었던 저수지가 있는 건 아니었고, 컴퓨터 바탕화면으로 설정된 저수지 사진이 순간적으로 생각난 거였다. 내비게이션 검색란에 '저수지'라고 입력하자 전국에 있는 저수지들이 목록에 나타났다. 케이는 그리 가깝지도 멀지도 않은 저수지를 목적지로 설정했다.

자동차는 빠르게 서울을 벗어났다. 고속도로에 진입하자 도로 위의 자동차들이 눈에 띄게 줄어들었다. 케이는 액셀을 세게 밟아 속도를 높였다. 앞에 보이는 자동차를 다급하게 쫓아 추월하고 그 앞에 있던 또 다른 자동차를 쫓았다. 자칫하면 사고가 날 수도 있겠다는 생각이 들었으나 속도를 줄이진 않았다. 속도에 무감각해질 무렵, 계기판에 주유 비상등이 켜졌다. 내비게이션을 보자 저수지까지는 오십 킬로미터 정도 남아 있었다.

케이는 계속해서 고속도로를 달렸다. 기억 속에 고속도로의 시작과 끝에는 늘 주유소가 있었다. 이대로 고속도로 출구까지 계속 달리다 보면 출구 쪽에 주유소 하나쯤은 있을 터였고 그때 주유를 하면 될 일이었다. 얼마 가지 않아 고속도로에서 빠져나왔고, 케이는 창문을 열어 주변을 살폈다. 검푸른 하늘 아래에 초록의 산이 놓여 있었고 간간이 식당과 주택이 보였다. 주유소는 없었다.

자동차가 힘없이 미끄러지는 게 느껴졌다. 케이는 점점 초조해졌다. 그때 '100m 앞 신성주유소'라고 적힌 입간판이 나타났다. 코너를 돌자 저 앞으로 익숙한 노란색 캐노피가 보였다. 케이는 연료통의 남은 기름 한 방울까지 털어내듯 재빠르게 주유소로 들어갔다. 주유기 앞에 차를 세웠지만 주유원은 나오지 않았다.

케이는 운전석에서 내려 주유기 앞에 섰다. 불이 꺼진 주유기 화면은 탁한 회색을 내보이고 있었다. 고개를 돌려 주변을 확인했고 그제야 녹이 슨 주유기와 텅 빈 사무실이 시야에 들어왔다. 숨을 들이마시자 축축한 산 내음이 콧속으로 훅 끼쳤다. 주유소 특유의 기름 냄새가 전혀 나지 않았다. 케이는 주유소 앞에 놓인 도로로 뛰어갔다. 반대편 길가에 주유소가 있을까 싶어 두리번거렸지만 녹음이 우거진 산만이 우두커니 놓여 있었다.

주유 비상등이 켜지고부터 사십 킬로미터를 운전해 왔고, 저수지까지는 십 킬로미터나 더 가야 했다. 주머니에서 핸드폰을 꺼내 인터넷을 켰다. 검색창에 '자동차에 기름이 다 떨어졌을 때'라고 쳤다. '연료가 떨어지면 이렇게 하세요'라는 블로그 글이 상단에 나타났다. 글을 누르자 자동차 보험회사에 연락하거나 인근 주유소에 출장 주유를 부탁하라는 내용이 적혀 있었다. 다른 블로그를 확인해 보아도 비슷한 내용이 적혀 있었다.

특별한 정보를 기대한 건 아니었지만 알고 있는 내용을 재차 확인하고 있자니 맥이 빠졌다. 케이는 글을 읽다 말고 핸드폰을 주머니에 넣었다. 녹이 슨 주유기, 어둠이 내려오는 산, 자동차 한 대 지나가지 않는 도로가 차례로 보였다. 어쩌면 저수지에 못 갈 수도 있다는 예감이 들었고 그러자 어떻게든 저수지에 가야 한다는 오기가 가슴속에 채워졌다.

바닥에는 버려진 담배꽁초가 바람이 부는 대로 굴러다녔다. 케이와 같은 처지의 누군가가 피운 게 분명했다. 밀려오는 허탈함을 담배로 태웠을 누군가는 결국 어떻게 됐을까. 케이는 고개를 숙였다. 담배꽁초 밑으로 엄지손가락만한 구멍이 뚫려 있었다. 구멍은 꽤 깊어 보였다. 다른 주유기 앞에도 비슷한 크기의 구멍이 있었다. 드릴 같은 것으로 뚫은 건지 구멍 주변에 금이 길게 가 있었다. 흉흉해 보였고 이곳이 폐업한 주유소라는 게 실감났다.

주유소 사무실은 유리문으로 되어 있어 내부가 훤히 보였다. 가구가 모두 빠진 채 광고지와 먼지 뭉치가 굴러다녔다. 유리문에 붙어 있는 철제 손잡이는 쇠사슬로 묶여 자물쇠가 채워져 있었다. 투명한 유리문에 케이의 모습이 비쳤다. 케이는 유리에 비친 자신과 눈이 마주쳤고 얼른 마른세수를 했다. 당장 주유소를 떠나고 싶었지만 떠날 수 없는 처지였다. 연료통의 기름은 보지 않아도 밑바닥인 게 훤했다. 시동이 걸린다고 해도 얼마 못 가 멈출 터였다. 어디서 멈출지 선택해야 한다면 도로 한가운데보단 폐업한 주유소가 나았다.

케이는 어떻게 된 동네가 제대로 된 주유소 하나 없냐며 동네를 탓하기 시작했다. 고속도로 휴게소에서 주유하지 않은 걸 후회하다가 연료 계기판은 보지도 않고 액셀을 밟아댄 자신을 원망했다. 이렇게 정신을 빼놓고 살다간 오래 못 살지. 오래 못 살아. 의미를 알 수 없는 말이 입 밖으로 흘러나왔다.

지금 이 상황에서 케이에게 주어진 일은 출장 주유를 부르는 것도 보험 회사에 연락하는 것도 아니었다. 케이가 해야 할 일은 인내였다. 적막에 대한 인내, 자신의 어리숙함에 대한 인내, 주유소 문을 닫고도 폐업 간판 하나 달지 않은 사장에 대한 인내. 그러다가 모든 것들을 인내하고 살 바엔 차라리 죽어버리는 게 속 편하겠다는 생각이 들었다.

차라리 죽는 게 낫다는 사고방식은 꽤 오래전부터 케이의 머릿속에 수시로 떠오르고는 했다. 사년제 대학도 못 갈 바에는 차라리 죽는 게 낫지, 이런 회사에서 일할 바에는 차라리 죽는 게 낫지, 이렇게 살 바에는 차라리 죽는 게 낫지.

산 정상을 덮은 어둠이 주유소까지 내려오고 있었다. 케이는 핸드폰에 자동차 보험 회사 전화번호를 입력했다. 전화

버튼을 누르자 자동 녹음된 안내 멘트가 나왔다. 케이는 안내를 듣다가 전화를 끊어 버렸다. 출장 기사를 부르고 싶지 않았다. 출장 기사가 오면 어디 가는 길이냐고 물어볼 수도 있었고, 그 물음에 저수지라고 답하는 게 내키지 않았다. 또 의아하다는 표정으로 낚시하러 가세요? 라고 묻는 출장 기사의 얼굴을 보며 아니요, 라고 대답하는 상황도 마주하고 싶지 않았다.

배에서 꼬르륵거리는 소리가 났다. 물도 음식도 없었지만 기름이 없다는 사실에 가려져 별로 신경 쓰이지 않았다. 케이는 고개를 뒤로 젖혀 담배 연기를 내뿜는 것처럼 한숨을 길게 내뿜었다. 머리 위로 높이 올려진 캐노피가 보였다. 캐노피 중간 중간에 설치된 전구에는 거미줄이 쳐져 있었다. 문득 전구는 어떻게 갈았는지, 저 높은 곳까지 청소를 했던 건지, 어쩌면 저 캐노피만큼은 폐업하기 전과 똑같은 모습이지 않을까 하는 엉뚱한 생각이 들었다.

높이 떠 있는 캐노피를 보고 있으니 마음 한편에 위로 비스름한 감정이 일었다. 주유소도 폐업하는 마당에 슬라임이 망하는 건 아무것도 아니지. 응, 아무것도 아니지. 주유소가 폐업한 것과 케이가 슬라임 사업을 접은 건 아무런 연관이 없었지만 폐업한 주유소의 모습을 보고 있으니 알 수 없는 위안이 들었다.

케이는 유행에 무딘 편이었으나 슬라임에 한해서는 예외였다. 유행엔 도통 관심이 없던 케이가 어느 날 반짝 등장한 슬라임을 가지고 사업을 시작한 건 스스로도 의문투성이였다. 그저 파도가 육지로 밀려왔다가 쓸려 나가듯, 자연스럽게 타인에 섞여 슬라임이라는 물결에 뛰어들었고 정신을 차렸을 땐 쫓기듯 물 밖으로 나와 있었다. 그 자연스러운 흐름에는 유행, 이슈, 안전, 발암 물질 같은 것들이 존재했지만 케이는 그런 이유보다는 자신의 탓이 크다고 생각했다.

슬라임 사업을 접고 난 뒤 케이에게 남은 건 빚이었다. 빚을 갚기 위해 회사에 들어갔고, 월급이 들어오는 날을 기다리며 빚과 이자를 계산했다. 케이는 조금씩 줄어드는 빚을 보며 안심하다가도 어떤 날은 모든 게 허무하게 느껴져 퇴사하고 싶은 충동에 휩싸였다. 그럴 때면 케이는 가만히 모니터 바탕화면을 응시했다.

바탕화면에는 어디인지 모를 저수지 사진이 자동 설정되어 있었다. 에메랄드빛 물결과 초록의 나무들을 보며 케이는 애써 생각을 비워냈다. 그것들을 보다 보면 중간을 유지할 수 있었다. 퇴사하고 싶은 충동의 중간을, 대출 상환을 포기하고 싶은 충동의 중간을, 삶을 놓아버리고 싶은 충동의 중간을. 어떤 생각이나 감정이 극심해질 때면 케이는 모니터 속의 저수지를 보며 중간의 위치로 자신을 옮겨 놓았다.

중간을 찾는 일은 슬라임 사업을 하면서 터득한 지론이었다. 슬라임을 만드는 원리는 단순했는데, 물풀에 붕사와 글리세린을 넣으며 중간을 찾는 거였다. 물풀에 붕사를 넣으면 반죽이 딱딱하게 굳었고, 글리세린을 넣으면 물풀이 녹아 미끈거렸다. 슬라임은 고체의 형태를 하고 있지만, 손으로 잡아 늘이면 늘어나야 하는 게 특징이었다.

물풀에 붕사를 넣고 반죽하다 보면 고체의 형태가 되긴 했지만 늘어나지 않고 뚝뚝 끊어지기 십상이었다. 별수 없이 글리세린을 두어 방울 넣으면 반죽은 다시 물풀의 모습으로 돌아가 손가락에 끈적하게 달라붙었다. 그러나 붕사와 글리세린을 반복해서 넣다 보면 언젠가는 적당한 점액의 슬라임이 되기 마련이었다.

중간을 찾는 게 유독 지긋지긋하게 다가오는 날에는 반죽이 슬라임이 되는 그 언젠가를 떠올렸다. 그 언젠가를 떠올리는 것만으로도 다시 반죽할 힘이 생겼다. 중간을 찾는 일은 자연스럽게 슬라임에서 삶으로 옮겨졌다. 케이는 생각이나 감정의 중간을 찾는 걸 반복하다 보면 언젠가는 어떠한 결과물에 도달할 거라고 믿고 싶었다.

케이의 어깨에 기름때 묻은 주유기 노즐이 닿았다. 케이는 손을 들어 노즐을 쓸어내렸다. 노란색 노즐은 두껍고 무거웠다. 보험 회사니 출장 주유이니 하는 것들을 잠시 미뤘을 뿐인데 한결 편안해졌다. 핸드폰을 켜 앱들을 하나씩 켰다가 껐고 그러다가 전화부를 눌렀다. ㄱ으로 시작하는 이름과 번호들이 나타났다. 대부분 저장해놓고 단 한 번도 연락하지 않은 번호였다. 케이는 액정을 누르던 손가락을 잠시 멈추었다.

엄마. 엄마의 번호였다. 엄마는 몇 년 전까지만 해도 가장 의지하던 존재였지만 이제는 아니었다. 특별한 계기가 있는 건 아니었고 서서히 멀어진 사이였다. 엄마에게는 귀찮아서 아침을 먹지 않았다는 사소한 일마저 말하기가 어려웠다. 걱정 담긴 잔소리를 하게 만드는 것도 미안했다. 그렇게 엄마에게 말하지 않은 일들이 하나둘 쌓였고 지금은 연락이 와도 말을 아끼게 되었다. 케이는 엄마라는 단어 위에 손가락을 올려놓고 망설였다. 평소에는 별생각 없던 엄마의 안부가 궁금했다. 그러나 무턱대고 전화를 걸 순 없었다. 전화를 걸었다간 홀로 아무 계획 없이 저수지로 떠났다는 이야기를 해야 할지도 몰랐고 그런 건 말하고 싶지 않았다.

연락처를 다시 위아래로 움직이길 몇 번, 엠의 번호가 나타났다. 엠은 어젯밤까지만 해도 저녁은 무얼 먹었느냐, 밤인데도 해가 아직 떠 있다 등의 시시콜콜한 이야기를 주고받은 사이였다. 케이는 허리를 곧추세워 앉았다. 전화 버튼을 누르자 이윽고 엠이 전화를 받았다.

여보세요?

오랜만에 듣는 엠의 목소리에 케이는 좀 당황스러웠다. 늘 연락을 하긴 했지만 매번 메시지를 주고받았기에 목소리를 듣자 어딘가 낯설었다. 어쩌면 케이의 기억 속에 있는 엠이 아닌 것 같기도 했다.

지금 바빠?

케이가 물었다.

아니, 왜?

엠이 되물었고 케이는 말문이 막혔다. 해야 할 말이 있어서 전화를 한 건 아니었고 기름이 없는 상황을 잠깐이라도 모면하고 싶어서 한 것이었다.

그냥, 심심해서.

케이가 말했다.

지금 뭐 하고 있는데?

엠이 실실 웃으면서 물었다.

지방에 왔는데 기름이 없어서 차가 멈췄어.

뭐?

일단 신성주유소라는 곳에서 쉬고 있어.

주유소? 그럼 지금 주유 중이야?

엠이 한층 높은 톤으로 물었다.

아니, 주유소가 폐업했어.

어머! 그럼 어떡해?

엠이 다급해진 목소리로 물었다. 케이는 아무런 계획도 없었고 뭐라고 대답해야 할지 몰라 뜸을 들였다. 침묵이 수화기를 오갔고 그 순간 괜히 전화를 걸었다는 후회가 들었다. 구질구질한 상황을 엠에게 전하고 싶었던 건 아니었다. 이런 상황을 엠에게 설명한다고 한들 바뀌는 것도 없었다. 결과적으로 엠에게 걱정과 부담을 넘겨주는 꼴이 된 것 같았다.

보험 회사에 연락은 해봤어? 긴급 출동 같은 거 말이야.

엠이 조금 차분해진 어투로 말했다.

아니……

근처에 다른 주유소는?

없어.

누구랑 있어?

혼자야.

혼자 어디 가?

저수지.

왜?

……그냥.

케이의 싱거운 대답에 대화가 끊기려는 순간 엠이 잽싸게 대화를 이어 나갔다.

잠깐만 기다려 봐, 어떻게 해야 하는지 알아볼게.

엠의 말에는 무슨 생각으로 혼자 저수지에 가는지 물어보고 싶지만 그런 건 지금 중요하지 않으니 차마 묻지 않겠다는 뉘앙스가 깔려 있었다.

괜찮아, 큰일은 아니야.

케이가 대꾸했고 엠은 여전히 침묵했다. 큰일이 아니긴 뭐가 아니야 같은 대답 대신 더 중요한 말을 고르는 것 같기도 했다.

그런데 여기 주유소, 왜 닫은 걸까?

케이의 입에서 생각지도 못한 말이 불쑥 튀어나왔다. 케이는 대화를 수습하기 위해 장사가 안되니까 닫은 거겠지? 라며 자문자답했다.

일본인가, 어느 나라의 지방에는 주유소가 오십 킬로미터 간격으로 한 개씩 있다던데.

엠이 나지막이 말을 꺼냈다. 케이로선 처음 듣는 이야기였다. 엠이 계속해서 말을 이었다.

세상이 변하니까 그런 거 아닐까.

케이는 언젠가 뉴스에서 보았던 늘어나는 전기차 수요와 지방 인구 감소 같은 문제들이 떠올랐다. 엠도 이런 것들을 염두에 두고 하는 소리 같았다. 그러나 이런 것들로 세상이 변했다고 할 수 있는 건지는 의문이었다. 내연기관 자동차 대신에 전기차의 수요가 늘어나고, 넓은 지구 중 대한민국의 지방 인구가 감소했다고 해서 세상이 변했다고 할 수 있을까. 대충 그런 것들로 세상이 변했다고 해도, 여전히 장사가 잘되는 주유소는 존재했다. 신성주유소가 망한 건 세상이 변해서가 아니라 사장이 운영을 제대로 못해서라고, 케이는 결론지었다.

그런 건 됐고, 너야말로 이제 어떻게 되는 거야?

엠이 답답하다는 듯 다시 화제를 돌렸다.

걱정하지 마.

케이는 밝은 목소리로 말했다. 그러고선 폐업한 주유소에 멈춰 오가지도 못하는 상황이지만 사실 보험 회사에 연락했다고, 곧 있으면 출동 기사가 올 거라고 거짓말을 했다. 엠은 안도의 한숨을 내뱉더니, 그럼 여행 일정은 어떡하냐고 물었다. 케이는 어떻게든 되겠지, 언제는 뭐 계획대로 되었던가? 하고 대답했다.

저기……

엠이 무슨 말을 하려고 했으나 케이는 출동 기사에게서 곧 전화가 올 테니 끊어야겠다고 했다. 엠이 무슨 일이 생기면 또 연락하라며 말끝을 흐렸다.

통화를 끊자 케이는 지금의 상황이 가벼운 문제로 느껴졌다. 저수지로 가던 것도, 기름이 떨어진 것도, 폐업한 주유소에 발이 묶인 것도, 마치 세상이 변하는 거대한 흐름 중 아주 작은 한 부분인 것 같았다. 한편으로는 엠에게나마 집을 떠났다는 걸 알려서 기분이 홀가분해지기도 했다.

케이는 저수지까지 남은 거리를 확인했다. 십 킬로미터. 십 킬로미터면 멀긴 해도 충분히 걸어갈 수 있는 거리였다. 케이는 직접 저수지까지 걸어가기로 마음먹었다. 저수지에 도착한 후, 그 후에는 어쩌지? 문득 의문이 스쳤으나 그건 그때 가서 생각하기로 했다. 자동차는 이대로 두고 가기로 했다. 주유소 앞을 지나가는 자동차가 뜸했고 무엇보다 그 누구도 폐업한 주유소로 오지 않을 것 같았다.

케이는 어딘가에서 우두커니 제자리를 지키고 있을 저수지의 모습을 상상했다. 주유소 앞에 깔린 길은 하나였기에 길을 헤맬 일은 없었다. 다만 인도가 없어서 갓길로 걸어야 했는데 그마저도 경계가 모호해 차도로 걷다가 갓길로 걷다가를 반복해야 했다.

어느 새벽이었다. 두 시가 넘은 시간이었지만 케이는 잠이 오지 않았다. 침대에 누워 몸을 뒤척이다가 머리맡에 두었던 핸드폰을 켰다. 슬라임 구매 문의 메시지가 와 있었다. 폐업한 상태였지만 간간이 구매 연락이 오고는 했다. 케이는 답장하지 않은 채 핸드폰을 다시 머리맡에 두었다. 옆 건물에 달린 간판 불빛이 창문을 투과해 방 안을 밝혔다. 벽면에 푸른빛과 붉은빛이 번갈아 나타났다. 앰뷸런스 한 대가 사이렌을 울리며 가까이 다가왔다가 멀어졌다.

케이는 슬라임을 팔면서 슬라임 카페를 하나 차리는 꿈을 꾸고는 했다. 카페 안에 서 있는 자신의 모습을 상상하다 보면 우스우면서도 재밌었다. 그러나 케이의 꿈은 오래가지 못했다. 슬라임에 발암 물질이 있다는 뉴스가 나온 것이었다. 어린이 장난감에 발암 물질이 있다는 건 커다란 문제였다. 여기에 슬라임이 환경오염에 한몫한다는 문제도 제기되었다. 슬라임의 인기는 빠르게 사그라들었다. 케이의 슬라임 역시 더 이상 팔리지 않았다.

조용한 새벽의 거리에 자동차 경보음이 울려댔다. 경보음은 잠든 거리를 깨우며 케이가 있는 방 안까지 시끄럽게 울렸다. 일 분쯤 지났을까 경보음이 그쳤다. 그러나 이내 다시 울리기 시작했다. 케이는 눈을 감은 채 애써 경보음을 무시했다. 어서 잠을 자고 싶었다. 잠들지 않으면 밤새 사라진 꿈을 좇다가 끝내 우울해질 것 같았다. 그러나 경보음은 멈추지 않았고 날카로운 소리로 케이의 신경을 예민하게 만들었다.

케이는 경보음의 삐— 삐— 거리는 소리를 세어보다가 열여덟 번째 삐— 소리에 자리에서 일어났다. 밖으로 나가 경보음이 울리는 자동차를 찾아갔다. 앞유리에 전화번호가 적힌 종이가 붙어 있었다. 케이는 번호로 전화를 걸었다. 신호음이 끊길 때쯤 상대방의 목소리가 들렸다.

여보세요? 자동차 경보음은 계속해서 큰 소리로 울렸다. 케이는 통화 음량을 최대치로 높였다. 자동차에서 경보음이 나고 있거든요. 나와서 해결하셔야 할 것 같아요. 뭐? 자동차에서 경보음이 난다고요. 내 차가 확실해? 9858 아니에요? 아닌데? 자동차에 적힌 번호로 연락한 건데요. 내 차가 아니라니까? 케이는 핸드폰 화면에 눌린 번호와 종이에 적힌 번호가 같은지 확인했다. 흰색 투싼, 그쪽 차 맞잖아요. 그쪽? 지금 나랑 해보자는 거야? 야! 차 안 빼, 꺼져, 꺼져!

상대방은 꺼지라는 말을 마지막으로 전화를 끊어 버렸다. 케이의 귓가에 꺼져, 꺼져, 라는 말이 반복되며 들렸다. 자동차 경보음의 삐— 삐— 소리에 맞춰 자동차의 주황색 불빛이 깜빡거렸다. 깜박거리는 박자에 맞춰 심장이 빠르게 뛰었다. 케이는 이대로 정말 어디론가 꺼져 버리고 싶은 심정이 들었다.

온대요?

대뜸 어디서 나타났는지 모를 남자가 물었다. 남자의 얼굴은 잠을 제대로 못 잔 건지 피곤해 보였다.

꺼지라는데요.

케이가 답했다. 남자에게 꺼지라는 말을 곧이곧대로 전해 줄 필요는 없었지만 그렇게라도 하지 않으면 자동차 주인의 무례함을 혼자만 고스란히 떠안는 것 같아 분했다. 남자가 그럴 줄 알았다는 듯 입을 굳게 다물었다.

남자는 요란한 소리를 내는 자동차를 한 바퀴 둘러보았다. 그리고 두 손을 모아 깍지를 끼고 사이드 미러를 힘껏 내리쳤다. 사이드 미러가 접히는 부분이 반쯤 뜯겨 나갔다. 남자는 아무렇지 않게 손을 털고 등을 돌렸다. 케이는 멀뚱히 서서 부서진 사이드 미러와 남자의 뒷모습을 바라보다가 빠르게 집으로 돌아갔다.

어둠 속을 걸으며 케이는 이런 생각을 했다. 저 남자처럼 과감해지고 싶다고. 저 남자처럼 살면 속이 시원할 것 같다고. 집으로 도착한 케이는 바로 잠이 들었다. 자동차 경보음이 계속 울렸는지는 기억나지 않았다. 정오가 다 되어서야 일어났고 그제야 자동차 주인에게서 전화가 올까 봐 걱정이 됐다. 모르는 남자가 나타나 사이드 미러를 부쉈고, 블랙박스를 확인해 보면 알 수 있을 거라는 말을 준비하다가 이런 게 무슨 소용인가 싶어 관두었다.

전화벨이 울린 건 저녁 메뉴를 고민할 때쯤이었다. 모르는 번호로 온 전화였다. 전화벨은 자동차 경보음처럼 일정하게 반복되며 울렸다. 케이는 망설이다가 전화를 받았다.

당신이지? 당신이 어제 내 차 부쉈지? 다짜고짜 성난 목소리가 들렸다. 케이는 상대가 새벽에 통화했던 차주인 것을 단박에 알아차렸다. 아닌데요. 아니긴 뭐가 아니야? 사이드 미러 부쉈잖아. 아니라니까요. 당신이 어제 내 차 앞에 갔잖아. 케이는 재빨리 전화를 끊었다.

전화벨이 다시 울렸지만 받지 않았다. 세상에는 다짜고짜 꺼지라고 하는 사람도, 그 사람의 자동차를 부수는 사람도 있었다. 케이는 그런 사람들을 대하는 태도에 있어 중간은 무엇일지 고민하다가 그동안 자신이 중간을 유지하는 일에 필사적이었다는 걸 깨달았다. 얼마 안 가 전화가 또 왔지만 받지 않았다. 케이는 그렇게 종일 울려대는 전화를 모두 무시했다. 나중에는 핸드폰을 무음으로 바꿔 놓고 영화를 틀었다. 낡은 자동차가 홀로 황무지를 달리고 엔딩 크레딧이 나올 때쯤에야 소파에서 잠이 들었다.

잠결에 케이는 새벽에 들었던 자동차 경보음을 들었다. 날카롭고 규칙적인 소리는 아주 먼 곳에서부터 서서히 퍼지며 들려왔다. 눈을 뜨고 고개를 들었을 땐 새벽이었고 창문 밖으로 푸르스름한 새벽녘이 펼쳐져 있었다. 케이는 지난 새벽 일이 모두 꿈은 아니었을까, 만약 꿈이 아니라면 차라리 죽어버리는 게 낫겠어, 하고 다시 잠에 빠져들었다.

해가 저문 산은 푸르스름한 하늘에 검은 나무들이 늘어서 음산한 모습이었다. 한기가 느껴졌고 아무리 빠르게 걸어도 땀이 나지 않았다. 얼마나 걸었을까. 도로 저 끝에서 파란색 주유소 간판이 나타났다. 저수지가 아닌 주유소가 먼저 나오다니. 케이는 허망해졌다. 주유소를 못 본 척하며 저수지 방향으로 빠르게 발걸음을 옮겼다. 어쩌면 연료통에 남은 기름으로 여기까지 올 수 있지 않았을까, 가까운 곳에 주유소를 두고 일찍 포기해버린 건 아닌가, 하는 아쉬움이 들었다.

아니, 중간에 시동이 꺼져서 도로 위에 멈춰 섰을 거야. 케이는 편할 대로 생각하기로 했다. 주유소를 지나치고 오 분 정도 걸었을까. 또 다른 주유소가 나왔고 맞은편에도 하나 더 있었다. 한 개라면 모를까, 세 개의 주유소를 모두 지나치는 건 주어진 운명이나 마지막 기회를 저버리는 짓 같았다. 케이는 방향을 바꾸어 주유소로 들어갔다.

뭐 찾으세요?

육십 대로 보이는 주유원이 가까이 다가왔다.

경유요.

케이가 대답하자 주유원이 케이를 위아래로 훑어보았다.

기름통 하나 없이 기름을 사러 오셨다고요?

주유원이 수상하다는 표정을 지었다. 기름통이라니. 케이로선 전혀 의식하지 못한 부분이었다.

어떻게 안 될까요?

케이가 물었다. 주유원이 사무실에 들어가 흰색으로 된 기름통을 하나 꺼내어 왔다. 그러고는 케이의 눈치를 한 번 살피더니 조심스레 소방법에 대해 설명했다. 주유소에서 기름을 병에 담아갈 때는 인적 사항을 적어야 한다면서. 케이가 종이에 인적 사항을 적는 동안 주유원은 능숙하게 기름통 입구에 주유기를 고정했다.

등유도 아니고 경유를 직접 사러 오는 손님은 오랜만이네요.

주유원이 말했다.

기름이 다 떨어져서 여기까지 걸어온 거예요.

케이의 말에 주유원이 눈을 휘둥그레 뜨며 네? 하고 되물었다. 케이의 입에서 엠에게도 하지 못했던 넋두리가 흘러나왔다.

기름은 다 떨어졌는데, 겨우 도착한 주유소는 폐업했더라고요. 사람 헷갈리게 진입 금지 푯말도 안 만들어 놓고.

이야기를 듣던 주유원이 저쪽 도로 끝에 있는 노란 주유소냐고 물었다. 케이는 주유원이 말하는 곳이 정확히 어디인지 알 수 없었으나 노란 주유소는 맞기에 대강 네, 라고 답했다.

아, 거기면 그리 멀지는 않네. 그런데 거기 아예 문 닫은 거 아니에요.

주유원이 말했다. 케이는 주유원이 다른 주유소와 헷갈려 한다는 생각이 들었다. 폐업한 곳이 아니라고 하기에는 너무나도 완벽히 폐업한 주유소의 모습이었다. 구멍 뚫린 바닥과 텅 빈 사무실의 모습은 아직도 생생했다. 주유원은 주유기에 노즐을 걸어 두면서, 그 주유소는 폐업하고 싶은데 폐업은 못 하고 휴업 중인 상태라고 덧붙였다.

왜 폐업을 못 하는데요?

케이가 물었고 주유원은 돈 때문이죠, 라고 대답했다. 그러고는 주유소를 지을 때는 서울이냐 지방이냐에 따라 땅값이 다르니 들어가는 돈도 다르겠지만, 폐업할 때는 어느 곳이든 이억 원 정도가 필요하다고 설명했다. 그는 이게 다 주유소 바닥 밑에 있는 기름 탱크 때문이라며 탱크 주변의 토양이 기름에 오염됐으면 정화 작업을 해야 하는데, 검사부터 시작해 토양 정화를 하고 철거 작업까지 진행하면 이억 원은 필요하다고 했다. 케이는 주유원의 말을 잠자코 들었다.

석윳값은 오르고 손님은 줄어드니 원. 리터당 마진이 십 원이에요. 십 원. 파는 건 이천 원 가까이 되는데 마진은 십 원도 겨우 겨우 남겨요. 적자 운영은 계속되고 폐업할 돈은 없지. 결국에는 운영도 못 할 정도로 빚이 쌓인 거죠. 그래도 그 양반 가짜 기름을 팔지는 않았어요. 그것만은 확실해. 기름 장사 접을 때 동네 주유소에 돌아다니면서 인사를 하더라고. 자기가 삼십 년 동안 기름 장사했지만 단 한 번도 가짜 기름 팔면서 기름밥 먹은 적은 없다고. 그나마 그 덕에 후회 없이 장사 접는다고. 주유원이 짧게 한숨을 내뱉었다.

후회 없는 장사, 후회 없는 장사. 케이는 속으로 이 말을 곱씹었다. 주유원이 기름이 채워진 기름통을 건넸다. 계산을 마치고 나니 주변은 온통 깜깜했다. 주유원이 불빛 없는 도로를 걷는 건 위험하다며 자동차가 세워져 있는 곳까지 태워다 주겠다고 했다. 케이가 주유소는 어떡하냐고 묻자 주유원은 잠시 사무실만 닫아 놓으면 된다며 걱정하지 말라고 했다. 케이는 몇 번 손사래 치다가 결국 조수석에 올라탔다. 좌석에 앉자마자 나른함이 몰려와 졸음이 쏟아졌다. 휴업했다는 주유소로 가는 길은 어두웠고 달빛만이 도로를 비추었다. 주유원이 이것 보라며, 한 치 앞도 안 보일 정도로 어둡지 않으냐고 말했다.

잠시 졸았다가 눈을 뜨자 주유소에 도착해 있었다. 어둠 속 주유소는 몇 시간 전에 본 것보다 더욱 흉물이 되어 있었다. 케이가 차에서 내리자 주유원이 먼저 가보겠다고 입을 열었다. 케이는 안녕히 가세요, 라고 말하며 허리 숙여 인사했다. 자동차로 걸어가 주유구를 열어 기름통에 담긴 기름을 따랐다. 한 방울도 흘리지 않도록 신중을 기했고 마지막 한 방울까지 털어낸 후 시동을 걸었다.

케이는 운전하면서 폐업한 듯 휴업 중인 주유소의 모습을 곱씹었다. 끝까지 버텼지만 끝내 문 닫은 주유소. 주유소 사장은 어디서 어떻게 살고 있을지 궁금해졌다. 태풍이 몰아치는 곳에서 빠져나왔으니 안전한 어딘가에서 한숨 돌리고 있을 것 같았다. 케이는 주유소 사장이 그럭저럭 잘 지내고 있으면 좋겠다고 생각했다.

산길은 어두웠고 가까운 줄 알았던 주유소는 나타나지 않았다. 액셀을 더욱 세게 밟자 자동차에서 부릉, 하는 소리가 났다. 영화 속 장면이 떠올랐다. 황무지에서 뿌연 모래 먼지를 일으키며 홀로 달리는 자동차의 장면이. 케이는 그 장면 속의 주인공이 된 것 같은 기분이 들었다. 케이에겐 기름이 절실했다. 슬라임 역시 다르지 않았다. 남들이 뭐라고 해도 케이에겐 절실했고 최선을 다했던 거였다. 후회감은 없었다. 아무 콧노래가 흘러나왔다.

원래 가려고 했던 저수지는 더 이상 가고 싶지 않았다. 대신 저수지 근처에 있을 근사한 분위기의 카페에 가고 싶어졌다. 산속은 추웠고 따뜻한 커피 한 잔이 마시고 싶었다. 핸드폰 화면에 빛이 들어왔다. 어떻게 됐어? 언제 돌아와? 엠에게서 온 메시지였다. 케이는 카페에 도착하면 사진을 찍어 엠에게 보내줘야겠다고 생각했다. 또 그동안 일어난 시시콜콜한 일들을 엄마에게 털어놓고 싶어졌다.

케이 홀로 달리던 이차선 도로에 자동차가 갑자기 늘었다. 자동차들은 케이의 앞과 오른쪽을 둘러쌌다. 소리도 없이 붙은 자동차 두 대에 케이는 정신이 번쩍 들었다. 조금 열린 창문 사이로 위잉, 하는 소리가 났다. 독특한 소리와 앞차의 파란 번호판을 봐선 전기차인 것 같았다. 케이는 전기차들 사이에서 빠져나오려고 깜빡이를 켜고 이리저리 움직였지만 틈새는 없었다. 그냥 전기차 속도에 맞춰 주유소까지 달리기로 했다. 전기차가 주유소까지 쫓아오진 않을 테니.

유유하고 조용하게 달리는 전기차들 사이에서 케이의 경유차만이 혼자 성난 듯 엔진 소리를 냈다. 케이는 엔진 소리보다 더 크게 콧노래를 불렀다.

오픈런

샤넬. 대한민국에 매장이 아홉 개뿐인 명품 브랜드. 아홉 개의 매장이 전국 팔도에 하나씩 있는 건 아니고 한 곳은 대구, 한 곳은 부산, 남은 일곱 곳은 서울에 몰려 있다.

 샤넬은 매장에 들어가려면 대기를 해야 했는데 이때 대기란, 매장 오픈 전에 미리 줄을 서는 일이었다. 오픈 후에 줄을 서면 영업시간 내에 들어가지 못하는 경우가 다반사여서 미리 줄을 서는 일은 오픈 전 한 시간, 두 시간을 넘어, 그 전날 밤 열 시, 전날 백화점 닫기 전부터 시작됐다. 세간에서는 이를 '오픈런'이라고 불렀다.

 금요일 밤, 일호선 막차는 텅 비어 있었다. 자정에 가까운 시간에 인천에서 서울로 가는 사람은 몇 없었다. 목적지는 강남의 A백화점이었다. 오늘로 벌써 다섯 번째 방문이었다. 지난 한 달간 매주 금요일 밤을 백화점에서 노숙했고, 노숙 끝에 겨우 샤넬 매장에 들어갔지만 그때마다 내가 찾는 위시템은 없었다. 나의 위시템은 클래식 라인의 중지갑이었다. 내가 사용하려고 찾는 건 아니었고 선물하기 위해서였다.

지하철에서 내려 A백화점 입구로 향했다. A백화점은 지하철 통로와 백화점 입구가 연결되어 있었는데 그곳이 샤넬 대기줄을 서는 곳이었다. 샤넬 매장 중 A백화점만이 유일하게 실내에서 줄을 설 수 있었다. 오픈런 장소가 실내라는 건 엄청난 메리트였다. 노숙을 해야 한다면 날씨에 구애받지 않는 실내가 편하니까.

입구 앞에는 이미 대여섯 명 정도의 사람들이 벽면을 따라 대기하고 있었다. 나는 줄의 맨 마지막으로 갔다. 그리고 가방에서 돗자리를 꺼내어 펼쳤다가 두 번 접었다. 분위기상 내가 차지할 수 있는 공간은 돗자리를 두 번은 접어야 하는 크기인 것 같아서였다.

"사람이 많죠?"

앞에 앉아 있던 남자가 몸을 돌려 말을 걸었다. 나는 대충 네, 라고 대답했다. 남자는 무료했던 건지 또 말을 붙였다.

"어디서 오셨어요?"

인천이라는 대답에 그는 강원도에서 왔다고 했다. 강원도에서도 서울과 비교적 가까운 춘천인지 동해와 맞닿아 있는 삼척인지는 모르겠으나 어쨌든 그는 강원도에서 왔다고 했다.

강원도는 인천에서 왔으니 전철을 타고 왔느냐고 물었다가 이 시간이면 전철도 운행 안 하겠네요, 라고 혼자 답했다. 나는 막차를 타고 왔다고 설명하려다가 말았다. 야심한 시간에 처음 본 사람에게 자질구레한 이야기를 하고 싶지 않았다.

대화가 끝났지만 강원도는 여전히 몸을 돌려 앉은 채였다. 계속해서 말을 이어가고 싶어 하는 눈치였다. 다섯 번의 오픈런을 하면서 말을 붙이는 사람은 강원도가 처음이었다. 앞뒤 사람과 말을 할 경우는 화장실을 갈 때 빼고는 거의 없었다. 그마저도 집에 가는 게 아니니 내 자리를 침범하지 말란 뜻으로 하는 거였고 친목을 다지기 위한 건 절대 아니었다.

강원도가 내 쪽을 힐끔거렸다. 강원도에게 말을 걸어줘야 할 것 같은 기분이 들었다. 그러나 말을 건다고 해도 도대체 무슨 말을 해야 하나. 굳이 할 말을 고르자면 위시템이 무엇이냐 정도였는데 그 질문도 하기 껄끄러웠다. 샤넬 제품 중에서도 무엇을 사려고 왔느냐는 질문은 오픈런을 하는 사람들 사이에선 암묵적으로 금기되어 있었다. 갖고 싶은 게 겹치면 삽시간에 경쟁자가 되기 때문이었다. 차라리 서로의 위시템을 모른 채 함께 노숙하는 동지로 남는 편이 서로에게 편했다. 나는 강원도에게 아무 말이나 건네기로 했다.

"몇 시쯤에 도착하셨어요?"

"열한 시요."

강원도가 기다렸다는 듯이 신이 나서 답했다. 퇴근 후 집에서 저녁을 먹고 출발했더니 열한 시쯤 백화점에 도착했다고. 강원도는 저녁을 먹자마자 백화점으로 왔지만 육 번이라고 했다. 나는 재빨리 눈으로 순서를 셌다. 럭키세븐이었다. 육 번과 럭키세븐 사이에는 약 세 시간의 공백이 있었으니 럭키라고 할 만 했다.

백화점 문 앞에 내려온 셔터는 굳건해 보였다. 그 앞에 안내판이 세워져 있었는데 '샤넬 대기 안내'라고 적힌 글자가 멀리서도 잘 보였다. 내용은 이미 몇 번 읽어봐서 잘 알고 있었다. 도착한 순서대로 대기해달라는 문구와 백화점 영업시간 안내였다.

안내판 바로 앞은 일 번의 자리였다. 일 번은 텐트를 치고 그 안에 들어가 있었다. 텐트 옆에 놓인 신발 한 켤레만이 그 안에 사람이 있다는 걸 말해주고 있었다. 이 번은 돗자리를 깔고 벽 쪽으로 돌아 누워있었다. 자는 건지 핸드폰을 보는 건지 알 수 없었다. 담요 한 장 덮지 않은 채였고 이 번의 몸을 이루는 곡선 같은 게 도드라져 보였다. 삼 번과 사 번은 연인인 것 같았다. 둘은 낚시 의자를 가져와 서로 마주 보며 앉아 있었다. 둘 다 눈을 감고 있었지만 이 번과 마찬가지로 자는 건지 알 수 없었다. 오 번은 돗자리를 깔고 앉아 책을 보고 있었다. 어두운 간접 조명 속에서도 글씨가 눈에 들어오는 모양이었다. 그 뒤로 강원도도 돗자리, 나도 돗자리였다.

"저기요."

강원도가 속삭였다. 강원도의 동그랗고 커다란 안경알에 노란 조명이 반사되어 그의 광대 언저리가 잘 보이지 않았다.

"앞에 삼사 번 커플 빼고는 다 업자 같아요."

강원도의 말에 나는 다시 한번 벽을 따라 늘어져 있는 대기 행렬을 보았다. 강원도보다 먼저 온 사람들이었다. 전날 열한 시 이전에 온 사람들. 일 번은 도대체 몇 시에 온 걸까. 어쩌면 백화점이 닫히기도 전부터 줄을 선 걸 지도 몰랐다.

"그런 것 같네요."

맞장구를 쳐주자 강원도가 크크 소리 내며 웃었다. 업자란 샤넬 매장에서 물건을 산 뒤 인터넷이나 가게에 웃돈을 붙여 되파는 사람들이었다. 안 그래도 비싼 가방을 누가 웃돈까지 얹어주며 살까 싶지만, 그렇게라도 샤넬을 사고자 하는 사람들은 언제나 존재했고 그렇기 때문에 업자들도 늘 존재했다.

샤넬은 돈이 있다고 해서 살 수 있는 게 아니었다. 이를테면 샤넬에서 판매하는 가방이 한 달에 두 개라고 치면 이를 사고 싶어 하는 사람은 열 명, 아니 백 명도 더 있었다. 그 두 개의 가방도 내가 원하는 크기와 색상으로 들어온다는 보장이 전혀 없었다.

"벌써 세 달째예요. 이렇게 오픈런 한 지가."

강원도가 자못 진지한 얼굴로 말했다. 나는 강원도가 나보다 오픈런 선배라는 사실이 조금 놀라웠지만 티내지 않았다. 자꾸 말을 걸어서 오픈런이 처음인 줄 알았는데 나름 세 달째였던 것이다. 물론 세 달 동안 몇 번을 왔다 간 건지는 알 수 없지만. 정숙한 분위기라 목소리를 내기가 어려울 법도 한데 강원도는 계속 말을 이었다.

"벌써 열다섯 번은 한 거 같아요. 금, 토, 일 시간이 날 때마다 서울로 왔어요. 처음에는 명동에 있는 백화점 위주로 갔었는데, 아무래도 고속터미널이랑 가까운 강남이 편하더라고요. 이번 달에는 꼭 구해야 하는데."

"이번 달이요?"

내가 물었다.

"네, 프러포즈할 거거든요."

강원도가 답했다. 나의 착각인지 모르겠지만 강원도의 볼

이 붉어진 것 같았다. 프러포즈를 하기 위해 오픈런을 하게 됐다니. 프러포즈 선물로 샤넬백을 준비한다는 이야기는 유튜브에나 존재했지 실제로는 들어본 적이 없었다. 프러포즈 때 선물하는 가방은 주로 클래식 플랩백이었다. 클래식 플랩백은 샤넬을 대표하는 가방이었다. 손잡이는 없고 어깨에 체인줄을 메는 형식의 가방이었는데 여닫는 부분이 자석으로 되어 있었다. 스테디 제품이었고 구하려면 대단한 운이 필요했다. 가격은 무려 천오백만 원대.

강원도의 위시템 못지않게 나의 위시템도 구하기 어려운 건 매한가지였다. 내가 사려는 클래식 라인의 중지갑은 지폐와 카드 그리고 동전까지 수납이 가능하면서도 한 손에 들기에 적절한 크기의 지갑이었다. 색상을 정해둔 건 아니었지만 가능하면 검정색으로 사고 싶었다. 가격은 백오십만 원대. 아무래도 지갑이다 보니 가방에 비하면 저렴한 편이었지만 저렴한 만큼 진입장벽이 낮아 수요가 많았다.

플랩백이나 중지갑이나 전국 어디에도 몇 달째 코빼기도 비추지 않는 것들이었다. 이번에 다양한 물건이 많이 들어오면 좋겠지만 지난주에도 가방이나 지갑은 들어온 게 없었고 지지난주에는 선글라스 같은 액세서리마저도 들어오지 않았다.

"애인분은 좋겠어요."

나의 말에 강원도가 멋쩍게 웃었다. 얼떨결에 나도 따라 웃었는데 강원도가 서서히 웃음을 거두고 나를 빤히 쳐다봤다. 이젠 내가 말할 차례인데 언제 말할 거냐는 식의 표정이었다.

"저도 선물을 해주고 싶거든요."

내가 말했다. 선물이라는 말에 강원도의 얼굴에 화색이 돌았다.

"누구한테요?"

강원도가 물었다. 순간 이곳에 있는 모든 사람이 우리 대화에 귀를 기울이고 있다는 느낌이 들었지만 괜찮았다.

"엄마요."

강원도가 오, 하며 짧게 감탄했다. 보기와 다르게 효녀네요, 같은 소리를 할 것 같은 표정이었다.

남자는 하늘 여자는 땅. 아빠는 이 말을 달고 살았다. 엄마는 아빠를 정말 하늘처럼 여겼다. 아빠가 평생을 반백수로 지내도 갈라서지 않았고 돈도 벌어다 주고 밥도 차려주고 집안일도 해주며 살았다. 하루도 쉬지 않고 일한 엄마 덕에 나는 경제적으로 모자라지 않게 컸지만, 그렇다고 집구석이 마음에 들었던 건 아니었다. 스무 살이 되자마자 보란 듯이 집을 나가 자취를 시작했다. 그때부터 이 방, 저 방을 전전하면서 몸소 깨달은 바가 있다면 하늘보다 땅값이 훨씬 비싸다는 거였다.

내가 스무 살에서 서른 살이 되는 동안에도 아빠는 한결같이 무능력했다. 돈을 벌지 않아도 그럭저럭 생활이 유지되니 빈둥댄 것도 있겠고, 부부가 힘을 합쳐 벌어도 생활이 크게 나아지지 않을 거라는 절망에 휩싸였던 걸지도 모르겠다. 나는 엄마에게 아빠와 이혼하고 엄마의 삶을 살라고 몇 번이나 충고하고는 했는데 그때마다 엄마는 그래도 네 아빠인데, 하며 결혼 생활을 이어 나갔다.

그러던 어느 날, 엄마가 전화를 해선 아빠와 이혼했다고 전했다. 이혼하겠다가 아니고 이미 이혼을 했다고 했다. 서류를 제출하고 별거에 들어간 상태였으니 사실상 정말 끝난 거였다. 너무나도 갑작스러운 소식에 아무 대답도 못 하자 엄마가 천연덕스럽게, 이젠 너도 서른 살이니 부모의 선택을 존중할 나이가 되었잖아, 그렇지? 라고 했다.

엄마가 이혼을 결심한 건 아빠의 외도 때문이었다. 다른 건 다 참아도 딴 년 만나는 건 못 참겠다고 했다. 나는 아빠가 외도했다는 사실에 깜짝 놀랐다. 그러나 엄마는 내가 아빠의 외도 사실을 알고 있었던 것처럼 굴었다. 나에게 자연스럽게 그년의 가게에 가서 깽판을 친 일과 할머니 댁에 가서 아들 잘못 키웠다고 큰소리 친 일을 줄줄이 말했다. 엄마의 이런 모습은 난생처음 보는 거였다.

거대한 일들이 휘몰아치는 동안 어떻게 엄마도 아빠도 내게 전화 한 번을 하지 않을 수가 있었던 건지 서운하고 의아스러웠다. 엄마는 이혼 후에도 그전과 똑같이 생활했다. 살던 집과 비슷한 전세금에 맞춰 이사했고 식당에서 똑같이 열한 시간씩 근무했다. 입이 하나 줄었으니 경제적으로 여유가 생겼을 법도 한데 옷을 사거나 취미 생활을 만들어 돈을 쓰지는 않았다. 아빠야 뭐, 친구네서 지내고 있다고 했는데 그 친구가 어떤 친구인지는 알고 싶지 않아 굳이 묻지는 않았다.

누구는 이혼할 때 재산 분할로 싸운다던데 엄마에게는 떨어질 재산이 없었다. 오히려 엄마는 빚을 덜 가져오기 위한 싸움을 한 것 같았다. 빚이 어떻게 되었냐는 물음에는 엄마도 아빠도 제대로 대답해주지 않았다. 자세한 내막은 알 수 없었지만 하루하루 성실하게 일하는 엄마를 보며 추측할 수는 있었다. 어쨌든 빚이 있다고. 엄마는 평생에 걸쳐 돈을 벌었지만 돈을 모으지도 쓰지도 못했다. 특히 명품이라고는 관심도 인연도 없었다. 그런 엄마에게 백오십만 원짜리 샤넬 지갑을 사주고 싶었다고 하면 너무 철이 없어 보일까.

"제 거 사려고 했으면 진즉에 포기했어요."

강원도가 말했다. 그 순간 여기 있는 또 다른 사람들 역시

선물해주고 싶은 누군가를 위해 이 시간을 견뎌내고 있을지도 모른다는 생각이 들었다.

강원도에게 왜 인터넷에서 웃돈을 주고 사지 않느냐고 물어볼 필요는 없었다. 나도 강원도도 정품을 정가에 사고 싶단 생각뿐일 테니까. 인터넷으로 정품인지 가품인지도 모를 제품을 웃돈 주고 사기는 싫었다.

가방에서 담요를 꺼내 다리에 둘렀다. 양반다리를 했다가 무릎을 세워 모아 안기도 했지만 어떤 자세를 해도 딱딱한 대리석 바닥은 적응되지 않았다. 누우면 나을까 싶어 누웠더니 다리가 좀 횅한 걸 빼곤 한결 편안했다. 눈앞에 높이 올려진 지하철 통로 겸 백화점의 천장이 보였다. 하얀 천장에 듬성듬성 간접 조명이 켜져 있었다. 달과 별이 떠 있는 밤하늘은 아니었지만 노숙하며 보는 천장은 내 처지를 돌아보게 만들기엔 충분했다. 샤넬이 뭐라고 이렇게까지 해야 하는 건지. 어째서 돈을 지불하는 것으론 가질 수 없는 건지. 샤넬은 샤넬이 아니라 개넬이라 불려도 싸다……

누운 채로 핸드폰을 꺼내 은행 앱을 켰다. 계좌에 집주인에게 받은 이백만 원이 그대로 들어 있었다. 이사 가던 날 받은 돈이었다. 이삿짐센터에서 짐을 거의 다 뺐을 무렵, 집주인이 방으로 찾아왔다. 집주인은 어수선한 분위기 속에서도 본인이 해야 할 일을 하나씩 처리했다. 벽지와 창문 상태를 꼼꼼히 둘러보았고 텔레비전을 켜고 에어컨이 제대로 작동하는지 확인했다. 특별한 문제가 없자 깨끗하게 잘 썼다는 말 한마디를 건넸다. 그리고 그 자리에서 보증금 오백만 원과 위로금 이백만 원을 각각 이체했다.

그렇다. 나는 집주인에게 위로금을 받았다. 위로금은 계약 기간이 반년이나 남은 방을 빼주는 것에 대한 대가였다. 계약 기간이 꽤 남은 방을 두 달 만에 급하게 정리한 건, 이백만 원을 받기 위함도 있었지만 집주인의 사정도 있었다. 집주인은 어느 날 다짜고짜 전화를 걸어 계약 기간이 남았지만 방 좀 빼줄 수 있냐고 물었다. 당연히 안 된다고 대답하려는데 집주인이 잽싸게 말했다.

"내가 시한부라서 그래."

당황스러운 소식이었다. 벙찐 나와 달리 집주인은 차분하게 말을 이어 나갔다. 자신이 위암 말기이고 길어야 반년 살 수 있다고. 언제 죽을지 모르니 자신과 관련된 것들을 정리하는 중이라고 했다. 정리 대상에는 내가 살고 있는 방도 포함되어 있었다. 집주인이 시한부라는 건 안타까운 일이었지만 그 사정을 내가 봐줄 필요는 없었다. 남의 땅에 발붙이고 지내려면 어느 정도의 자기주장은 할 줄 알아야 했다.

"저기…… 아무리 그래도 갑자기 방을 빼기는 어려울 것 같은데요."

 나는 기어들어 가는 목소리로 말했다. 집주인은 내 말은 한 귀로 듣고 한 귀로 흘린 건지, 인생이 이렇게 될 줄은 꿈에도 몰랐다고 한탄하기 시작했다. 어차피 가족도 자식도 없는 거 치료는 거의 포기한 상태라고. 나는 집주인의 말이 끊기는 타이밍을 노리다가 좀처럼 끊길 것 같지 않아 그냥 말을 끊고 말했다.

 "얼마 주실 건데요?"

 당연한 요구였지만 엄청난 파렴치한이 된 것 같은 기분이 들었다.

 "돈? 무슨 돈? 아, 그렇지. 계약 기간도 꽤 남았는데 빼주는 거니까. 백만 원이면 될까?"

 집주인이 말했다. 얼마를 받아야겠다고 정해 놓은 건 아니었기에 백만 원이라는 소리를 듣자 고민이 되었다. 머릿속에 빠르게 계산이 돌아갔다. 복비와 용달비만 해도 오십만 원은 나갈 터였다. 백만 원이면 이사는 가능해도 계약 만료 전에 이사하는 것에 대한 위로는 되지 않았다.

 "더 주셔야 할 것 같은데요."

 "얼마?"

 "삼백만 원이요."

 멋대로 튀어나온 숫자였다. 받으면 좋고 안 주면 말고 식이었으니까. 생각보다 훨씬 높은 금액에 당황했는지 집주인은 대답이 없었다. 집주인 역시 나처럼 머릿속으로 계산을 하는 것 같았다. 삼백만 원씩이나 줄 바엔 계약이 끝나는 대로 내보내는 게 낫겠다고. 반년 후에도 자신이 당연하게 살아 있을 거라고 상상하며. 그런데 만일 반년 후에 집주인이 죽어 있으면 나는 어떻게 되는 걸까. 그렇게 되면 보증금 오백만 원은 멀쩡하게 받을 수 있는 걸까.

"저기…… 원룸 월세이기도 하고…… 그렇게까지는 주기가 힘들거든, 어떻게 이백만 원은 안될까?"

집주인의 목소리는 거의 들리지 않아서 핸드폰에 귀를 딱 붙여야 했다. 이백만 원이라는 소리에 나는 잠시 골똘했다. 어차피 언젠가 이사를 가야 하는 거라면, 반년 빠르게 나가는 대신 돈을 받고 나가는 게 나한테도 이득이라면 이득이었다. 크게 내키지는 않지만 이백만 원도 준다 하고 집주인의 사정도 흔치 않으니 이사를 가는 게 나을 것 같았다.

그 후의 일정은 급격하게 진행됐다. 우선 새로 이사 갈 방부터 허겁지겁 알아봤다. 이백만 원도 받기로 했으니 조금이라도 넓은 곳으로 가볼까 싶어 찾아봤지만, 보증금 오백만 원이 칠백만 원 된다고 해서 더 넓은 곳으로 갈 수 있는 건 아니었다.

같은 동네에 보증금이 오백만 원인 방을 보러 다녔고 급하게 짐을 정리했다. 모든 게 귀찮아지고 집주인이 정말 시한부인 건지 의심 가는 밤이면 이백만 원을 생각하며 참았다. 이백만 원을 받기로 했으니 어떻게든 이사를 가야 한다며.

이삿짐이 모두 빠지고 집주인이 말을 걸었다. 돈을 이체했으니 확인해 보라고. 나는 핸드폰을 켜 보증금과 위로금이 들어온 걸 확인했다. 특히 위로금은 이백만 원이 아닌 이십만 원일지도 모른다는 생각에 숫자를 몇 번이나 확인했다. 내가 감사하다고 인사하자 집주인이 아휴, 내가 더 고맙지, 하고 대답했다. 그리고 어서 나가보라는 듯 손짓했다.

신발장 앞에 섰을 때, 집주인의 옆모습이 시야에 들어왔다. 그때 나는 보았다. 집주인 옆구리에 붙어 있는 샤넬백을. 옆구리에 딱 붙어 있어서 정면에서 볼 때는 있는 줄도 몰랐던 거였다. 방에 들어올 때부터 한 번도 내려놓지 않은 모양이었다. 짐이 빠져 구석구석 누런 얼룩이 진 방 안에서, 샤넬백은 너무나 영롱해 보였다. 마치 홀로 다른 세상에서 온 물건인 것처럼.

이사를 마치고 새로운 곳에 적응되었을 무렵, 이백만 원으로 무언가를 사야겠다는 생각이 번뜩 들었다. 무엇을 사야 하는지는 본능적으로 느꼈다. 샤넬이었다. 그걸 사서 엄마에게 주고 싶었다. 명품이라고는 생에 한 번도 없던 엄마에게. 빚 떠넘기기 이혼을 한 엄마에게. 가전제품 같은 건 할

부를 내서라도 사줄 수 있지만 샤넬은 이런 기회가 아니면 영영 사줄 수 없을 것 같았다.

유튜브에 샤넬을 검색했다. 언박싱하는 영상부터 시작해 오픈런을 하는 영상, 가격이 얼마나 인상됐는지 설명하는 영상이 주르륵 나타났다. 가격을 설명하는 영상을 눌렀고, 내가 가지고 있는 돈으로는 중지갑 정도가 무난하다는 걸 알게 되었다. 지갑 하나에 백오십만 원을 써야 하는 게 망설여졌지만 엄마를 위한 거니까 괜찮다는 생각이 들었다.

강원도는 언제 대화했냐는 듯이 벽을 보고 앉아 핸드폰을 하고 있었다. 애인으로 추정되는 사람의 셀카를 확대해서 보고 있었는데 옆에서 흘깃 봐도 생김새가 다 보였다. 조용하던 복도에 발걸음 소리가 울렸다. 나는 얼른 시선을 벽으로 옮겼다. 소리가 멈추고 이윽고 누군가가 내 뒤에 섰다. 살짝 올려다보니 오십 대로 보이는 여성이었다.

미스오십은 바닥에 앉을 생각이 없는 건지 벽에 기대어 서 있었다. 그렇게 오 분쯤 있었을까. 혼자 일어나 있는 게 민망했던 건지, 새벽 내내 서 있을 순 없다는 걸 깨달은 건지 바닥에 앉았다. 돗자리도 깔지 않은 채였다. 그렇게 잠시 앉아 있다가 놀랍게도 맨바닥에 그냥 누웠는데 얼마 못 가서 아고고, 하는 소리를 내며 다시 몸을 일으켜 앉았다.

"이번엔 좀 내놔야 할 텐데."

미스오십이 혼잣말을 했다. 나도 모르게 미스오십을 쳐다봤고 눈이 마주쳤다. 미스오십이 슬며시 미소를 지었다.

"지난주 수요일인가, 물건이 왕창 들어왔는데 하나도 안 내놓는 거 있지? 내가 두 눈으로 물건 들어가는 거 똑똑히 봤는데. 무조건 하나도 안 들어왔다는 거야."

"그래요?"

갑자기 강원도가 관심을 보였다. 미스오십의 얼굴에 쟤는 뭐니? 하는 표정이 얼핏 스쳐 지나갔다.

"상자 크기로 봐선 가방이 꽤 들어왔더라고. 오십 개는 족히 넘어 보였어. 뭐가 많을 줄 알고 기대하고 매장에 들어갔지. 그런데 직원이 하나도 안 들어왔다고 우기더라고."

"가방이라고요?"

강원도의 목소리가 한층 더 커졌다.

"브이아이피 물건만 따로 빼놓은 거겠지. 어느 백화점이나 다 그렇겠다만 유독 여기가 심한 것 같아."

미스오십이 혀를 찼다.

"내가 아는 언니가 말이지? 원래도 샤넬 브이아이피였지만 얼마 전에 옷 산다고 오천만 원은 썼단 말이야. 가방 하나 안 사고 옷으로만 그 돈을 썼어. 자동차 한 대는 뽑은 셈이지. 그랬더니 직원이 아주 귀한 거라면서 백 하나를 보여

줬대."

"무슨 백이요?"

강원도가 물었다. 미스오십이 한 번 맞혀 보란 식으로 입을 다물고 입꼬리를 올렸다. 강원도가 잠시 고민하더니 스타백? 하고 물었다. 스타백은 별무늬로 박음질이 들어간 가방이었다. 이번 시즌에 나왔지만 매우 소량으로만 제작되어 해외든 국내든 구하기가 힘들었고 브이아이피 중에서도 브이브이아이피에게만 판다던 가방이었다.

"그래, 바로 그거지. 스타백. 이거 하나 사가라고. 언니 말로는 스타백 들기엔 나이가 좀 있어서 사진 않았다나 뭐라나. 하여튼 돈 오천만 원은 써야지 스타백 보여주는 거야. 이 바닥이."

미스오십은 아는 게 많아 보였다. 주변에 브이아이피도 있는 모양이었다. 어쩌다가 생의 큰 이벤트로 샤넬을 사려는 나와 강원도와는 차원이 다른 사람인 듯했다.

"나도 옛날에는 여기 브이아이피였는데 졸업하겠답시고 쇼핑을 몇 년 끊었거든."

미스 오십이 웃으며 머리를 넘겼다. 새벽부터 나오느라 정신이 없던 건지 머리가 살짝 기름져 있었다. 문득 미스 오십 같은 사람이 사는 집은 어떨지 궁금했다. 강남에서 사는 건지, 그렇다면 그 안의 가전이며 가구며 하는 것들은 어느 정도로 고가일지. 샤넬백 하나는 우스울 정도로 비싼 소파와 침대 같은 걸 아무렇지 않게 매일 쓸 수도 있었다. 강원도가 아, 예, 하며 대화를 마무리했다.

잠시 조는 사이 아침이 왔다. 백화점 겸 전철 통로는 이동하는 사람들로 북적였다. 주변을 둘러보니 강원도는 벽에 기대어 앉아 졸고 있었다. 미스오십은 놀랍게도 맨바닥에 그냥 누워 자고 있었는데 본인도 민망했던 건지 몸을 벽 쪽으로 돌린 채였다. 대리석 바닥이라 더러워 보이지는 않았지만 차고 딱딱한 곳에서 잘도 잔다는 생각이 들었다. 그때 미스오십이 몸을 일으켰다. 이번에도 아고고, 같은 소리를 냈다. 맨바닥에 앉아 멍하니 허공을 보는가 싶더니 자리를 박차고 일어났다.

"오늘은 안 되겠어. 너무 힘들어."

힘들만도 했다. 대리석 바닥에 맨몸으로 누워 잤으니.

"가시게요?"

나의 물음에 미스오십은 대답하지 않았다. 그저 백화점 입구와 반대 방향으로 걸어가며 한 손을 가볍게 흔들었다. 인파 속으로 사라지는 미스오십의 모습은 홀가분해 보였다. 미스오십 뒤에 있던 사람이 앞으로 자리를 옮겼다. 그는 돗자리를 앞으로 당겨 앉고는 종아리를 주무르며 말했다.

"노숙자 주제에 뭐하는 거야."

나는 너무 놀라 그게 뭔 소리냐고 묻고 싶었지만 모르는 사람에게 말을 걸 정도의 친화력은 없었기에 차마 묻지 못했다. 잘 생각해 보니 강남의 노숙자들은 노숙자 같지 않게 깔끔하다는 이야기를 어디서 들은 것 같기도 했다.

열 시가 되자 검은 정장을 입은 직원 서너 명이 백화점 문을 열고 나왔다. 한 손에는 태블릿PC를 들고 있었다. 그들은 일 번에게 다가가 태블릿PC를 내밀었다. 대기 번호 등록을 하라는 뜻이었다. 태블릿PC에 있는 QR코드를 핸드폰으로 인식하면 연락처와 방문 목적을 기입하라는 화면이 나타났고, 이를 작성하면 순번을 안내하는 시스템이었다. 얼마 지나지 않아 내 순서가 되었고 나는 능숙하게 연락처를 기입했다. 안내 메시지를 누르자 럭키세븐이 나타났다.

백화점 오픈 시간은 열 시 삼십 분이었기 때문에 삼십 분 정도가 비어 있는 셈이었다. 그러나 매장으로 들어가는 건 언제인지 정확히 알 수 없었다. 매장에는 순서가 되어야 들어갈 수 있었다. 보통 영업 시작과 동시에 한 번에 다섯 명 정도가 들어갔다. 앞서 들어간 다섯 명 중 한 명이 나오면 여섯 번째 사람이 들어가는 방식이었다.

강원도는 자리를 벗어나고 없었다. 나는 가방을 들고 화장실로 향했다. 양치와 세수를 하고 싶었다. 화장실에서 볼 일을 보고 편의점으로 갈 때였다. 입장 알림 메시지가 왔다. 급하게 매장을 향해 뛰었다. 오픈하자마자 두 명이 빠진 걸 봐선 새로 들어온 물건이 없는 것 같았다. 오늘도 허탕이라는 허무감이 들어 음울해졌다. 매장 앞에 도착하자 직원이 입구에서 기다리고 있었다.

"중지갑 있어요?"

나의 말에 직원이 울상을 지었다.

"죄송해요."

직원의 대답에 나는 매장에서 나가려 등을 돌렸다. 들어오자마자 삼 초 만에 나가게 될 줄이야. 그때 직원이 다급하게 말을 걸었다.

"손님, 체인지갑은 안 필요하세요? 오늘 클래식 체인지갑이 들어왔거든요."

맙소사 체인지갑이라니! 이것 역시 참 구하기 힘든 제품이었고 인터넷상에서 웃돈이 백오십만 원은 붙은 제품이었다. 정가는 오백만 원대. 오백만 원짜리는 내가 살 수 있는 물건이 아니었다. 위시템도 아니었고. 그러나 이렇게 삼 초 만에 매장을 나가기도 아쉬우니 구경이나 해보자는 심산이 들었다.

"보여주세요."

나는 다시 매장 안으로 들어갔다. 주변을 둘러보니 매장

안의 사람들은 전부 체인지갑을 보고 있었다. 직원이 밝은 얼굴로 창고에 들어가 체인지갑을 꺼내왔다. 체인지갑은 지갑보다는 크고 가방이라고 하기엔 작은 크기였다. 고작해야 지갑과 열쇠, 립스틱 정도가 들어가는 크기였다. 이런 게 오백만 원이나 하다니. 체인지갑을 어깨에 메고 거울을 보았다. 거울 속 내 모습은 내가 아닌 것처럼 보였다. 낯설면서 좀 있어 보였다. 재력이든 여유든 무엇이든.

그때 좀 떨어진 곳에서 체인지갑을 보고 있는 강원도가 보였다. 강원도는 사기로 결심한 건지 지갑에서 카드를 꺼내었다. 체인지갑은 강원도가 사려던 게 아니었다. 적어도 내 예상으로는 그랬다. 강원도가 나를 발견하곤 가까이 다가왔다. 그리고 아주 작게 말했다.

"이거 웃돈이 백오십만 원이에요. 우리가 새벽에 그 고생을 했는데 이런 걸로나마 보상받아야 하지 않겠어요?"

강원도는 체인지갑을 샀다가 다시 팔 작정인 것 같았다. 그건 완벽히 업자들이나 하는 짓이었다. 강원도는 업자가 아니었는데…… 나는 강원도를 쳐다보았다. 대기할 때에 비해 미묘하게 인상이 달라 보였다. 어쩌면 강원도는 잠재적 업자였을 수도 있다. 업자 노릇을 할 생각은 없지만 이런 기회는 저버리지 않는 사람 말이다.

"가방이 우리를 택한 거예요."

강원도가 확신에 찬 표정을 지었다. 직원이 다가와 강원도에게 포장을 마친 쇼핑백을 건넸다. 강원도는 인사를 한 뒤 매장을 나가 버렸다. 나는 애꿎은 체인지갑만 앞뒤로 돌려 보았다.

　"오늘 일곱 개 들어와서 마지막 한 점 남은 거예요."

　직원이 친절하게 설명했다. 어쩌면 이건 럭키세븐의 기회일지도 몰랐다. 체인지갑을 되팔면 잘하면 백오십만 원은 거저 버는 셈이었다. 한 달 급여가 이백만 원 안팎이었다. 방을 빼느냐 마느냐 하며 난리를 쳐서 받은 돈도 이백만 원이었다. 그런데 체인지갑을 되팔면 백오십만 원을 손쉽게 벌 수 있는 거였다. 아무리 못해도 오십만 원은 벌 일이었다. 백오십만 원이든 오십만 원이든 충분히 모험해 볼 만한 가치가 있는 금액이었다.

　한 번도 해본 적 없으나 되파는 일을 쉽게 할 수 있을 것만 같은 희한한 기분이 들었다. 한 달 급여와 비교하면 하룻밤 노숙한 것과 인터넷에 물건을 올리는 건 수고도 아니었다. 혹여 되파는 일이 잘 안 풀렸다고 해도 나에겐 집주인에게 받은 이백만 원도 있고 신용카드도 있었다. 회사도 다니고 있으니 오백만 원 쯤이야 어떻게든 해결할 수 있었다.

　"포장해 주세요."

　내가 말했다.

"컨디션 체크해 드릴게요."

검은 장갑을 낀 직원의 손이 천천히 움직였다. 검은 손은 지퍼를 서너 번 열었다 닫았고, 지갑에 달린 체인을 양옆으로 잡아당기기도 했다. 가죽을 쓸어 보더니 높이 들어 이리저리 돌려 보기도 했다. 나로선 전혀 하지 않았던 행동이었다. 오백만 원짜리를 사려고 하면서 고작 어깨에 한 번 메본 게 전부라는 것이 스스로도 믿기지 않았다.

"중지갑 찾으신다고 했죠?"

직원이 체인지갑 모서리 부분에 시선을 고정한 채 물었다. 나는 네, 라고 답했다.

"가죽의 광이…… 살짝 아쉬워요."

직원이 손바닥으로 가죽을 쓰다듬으며 말했다. 그 말에 나는 가죽을 유심히 보았다. 이게 광이 있는 건지 없는 건지 분간할 수 없었다. 직원의 말대로 가죽에 광이 좀 아쉽다고 해도 그건 나랑 상관없었다. 어차피 되팔 거니까. 나는 속으로 잘 하면 백오십만 원 못 해도 오십만 원을 되새겼다.

"그리고 여기, 여기도 조금 안 맞죠?"

직원이 측면을 가리키며 말했다. 안 맞는다는 게 무엇을 뜻하는지 몰라 측면을 한참 동안 응시해야 했다.

"여기 말이에요. 정면에서 측면으로 넘어가는 이 부분. 여기 박음질이 어긋나 있잖아요."

직원의 말을 듣고 나서야 박음질이 어긋난 게 눈에 들어왔다. 샤넬 제품은 마름모 모양으로 박음질이 되어 있는 게 특징이었다. 일정한 크기와 모양의 마름모가 수작업으로 들어가 있는 게 샤넬이 샤넬인 이유였다. 이때 제품의 정면에서 측면으로 넘어가는 부분의 마름모가 딱 반으로 나누어져 있고 서로 맞물려 있어야 양품이었다. 유튜브로 확인했던 내용이었다.

직원이 가리키는 부분을 보자 정말 정면의 절반과 측면의 마름모가 딱 붙지 않고 살짝 어긋나 있었다. 아주 미세한 어긋남이었지만 결과적으로 이건 양품이 아니었다. 양품이 아닌 제품을 사는 사람도 있을지 의문이 들었지만, 이내 분명히 있다는 쪽에 대답을 걸기로 했다. 오픈런을 한다는 것 자체가 수고스럽고 제품도 소량만 입고되니 양품을 따지지 않는 사람은 수두룩할 것 같았다. 나는 지갑에서 카드를 꺼내었다.

"죄송하지만, 이 제품은 추천해드리고 싶지 않아요."

직원이 또박또박 말했다. 나는 고개를 돌려 주변을 둘러보았다. 매장 내부에 있는 사람들의 시선이 모두 내 앞의 체인지갑에 쏠려 있었다. 다들 체인지갑이 자신의 차례까지 오기만을 노심초사하며 기다리고 있었다. 아주 간절하고 선망 어린 눈빛으로. 무언가를 갈망하는 눈빛. 오픈런을 하는 동안 나의 눈빛도 저랬을까. 확실한 건 나는 업자가 아니라는 거였다.

매장에서 나오고 시계를 봤다. 들어간 지 십 분도 되지 않아서 나온 셈이었다. 양손은 아주 가벼웠다. 매번 실패했듯이 이번에도 실패한 것뿐이었다. 중지갑이 없었으니 실패한 게 맞았다. 이백만 원은 여전히 계좌에 그대로 있었다. 돈이 있어도, 노숙을 다섯 번이나 해도 샤넬은 살 수 없었다.
 내가 보던 체인지갑은 팔 번에게 넘어갔다. 팔 번이 그걸 샀는지는 알 수 없다. 어쩌면 팔 번도 위시템이 아니라는 이유로 다음 번호로 넘겼을 수도 있다. 그렇게 체인지갑은 구 번 손에 들어가게 되고 때마침 구 번은 체인지갑을 간절하게 사고 싶었던 사람일 수도 있다. 만일 그렇다면 구 번만큼은 오늘 오픈런을 성공한 셈이었다. 백화점 밖으로 나오자 해가 중천이었다. 거리 위의 그 누구도 샤넬을 들고 있지 않았다.

파도보다 더 높이

도리는 야외 파도풀 한가운데에 떠 있었다. 물 위에 빨간 보드를 띄워 놓고 엎드린 채였다. 출렁거리는 물결에 따라 도리의 몸이 위아래로 움직였다. 도리가 양팔을 벌려 물을 내저었다. 양팔 아래로 파란 물이 넘실거렸다. 도리는 파도를 기다리고 있었다. 파도를 타려고. 파도풀 끝에서 파도가 만들어졌다. 파도는 풀장 밖으로 밀려오며 점점 커졌다. 보드 위에 엎드려 있던 도리가 상체를 일으켰다. 파도가 가까워질수록 도리의 몸이 이리저리 휘청거렸다. 파도가 다가오기도 전에 도리는 물속으로 떨어졌다.

나는 비치 체어의 등받이를 세웠다. 한 시간 내내 비치 체어에 앉아 있자니 등이 배겼다. 옆에 앉아 있던 엄마가 햇빛이 너무 세다고 중얼거렸다. 언니는 화장실에 가서 삼십 분째 돌아오지 않고 있었다. 포포는 매표 직원들에게 둘러싸여 있을 터였다. 침이 가득한 혀로 검은 코를 몇 번이고 적시면서. 그에 비해 도리는…… 도리는 파도타기에 전념하느라 가족이나 포포에 대한 건 잊어버린 것 같았다. 물속에 떨어졌던 도리가 보드를 붙잡고 수면 위로 올라왔다. 하나로 묶은 머리가 흠뻑 젖어 보잘것없이 얄팍해져 있었다.

도리는 가족 중 누구의 얼굴도 닮지 않은 편이었다. 나는 물론이고 언니와 형부를 닮은 것도 아니었기에 도리가 일곱 살이 된 지금까지 가족들은 도리의 얼굴을 한참 뜯어보곤 했다. 언니는 가족 모두의 피가 골고루 섞인 나머지 아무도 안 닮게 된 거 같다고 했다. 그러면서 비록 얼굴은 안 닮았어도 도리가 나와 비슷한 점이 많다고 했다. 이를테면 알레르기성 비염이 있는 것, 언어 발달이 늦은 것, 육식을 즐겨하는 것이었다.

아무도 닮지 않은 도리의 얼굴을 보고 있자면, 도리의 몸 안에 돌고 있을 나와 같은 어떤 피에 대해 떠오르곤 했다. 그러나 이상하게도 그 피의 기질, 나와 닮은 어떤 기질에 대해 파헤치면 파헤칠수록 도리가 멀게 느껴졌다.

*

 도리가 서핑을 하게 된 건 두 달 전부터였다. 두 달 전, 도리는 성실하게 다니던 수영장을 돌연 그만 다니겠다고 선언했다. 도리가 다니던 수영장은 동네에서 유일한 곳이었다. 그 동네 사람들은 대부분 그곳에서 수영을 했고 도리도 마찬가지였다. 도리는 어린이 강습반에서 수영을 배웠고, 일곱 살치고는 수영을 잘했다. 수영장에 가는 날이면 아침 일찍 일어나 학습지를 푸는 일도 마다하지 않았고, 홀로 샤워실에 들어가 몸을 씻고 수영복으로 갈아입는 것도 척척 해냈다.

 나는 머지않아 도리가 다시 수영장에 갈 줄 알았다. 도리는 수영을 좋아했고 그곳에서 친구도 여럿 사귀었으니까. 그러나 도리는 수영장에 가겠단 소리를 한 번도 꺼내지 않았다. 하루는 언니가 내게 전화를 걸었다. "도리가 무슨 생각을 하는지 하나도 모르겠어." 언니의 말에 나는 뭐라고 대답해야 할지 몰라 입을 다물었다. 육아에 대해선 아는 게 전혀 없었다. 언니는 계속해서 말을 이었다. 도리가 수영장에는 절대 안 가겠다고 했다면서, 수영장에서 무슨 일이 있었던 것 같다고 했다. 수화기 너머로 도리가 깔깔거리며 웃는 소리가 들려왔다. 문득 거실에서 신나게 놀고 있는 도리와 굳게 문을 닫은 방 안에서 조용히 통화하는 언니의 모습이 그려졌다.

"그렇다면 서핑은 어때?" 인터넷에서 본 경기도의 어느 인공 서핑장 광고가 떠올라서 한 말이었다. 언니는 "응?" 하더니 "바다는 너무 멀잖아"라고 답했다. 내가 경기도에 있는 인공 서핑장이라고 설명을 덧붙이자 갑자기 언니의 목소리에 생기가 붙었다. "경기도? 혹시 네가 데리고 다닐 수 있을까? 나는 운전이 서툴잖아……" 언니는 내가 당연히 거절할 거라고 생각했는지 용돈도 넉넉하게 챙겨 주겠다고 말했다. 나는 제안을 승낙했다. 돈 때문은 아니었다. 나는 그저 언니가 잠시나마 도리 없이 편하게 시간을 보내길 바랐다.

그렇게 나는 매주 토요일 아침마다 도리를 데리러 가게 되었다. 곁에는 늘 포포가 있었다. 올해로 여섯 살이 된 포포는 일곱 살인 도리와 한 살 차이 나는 강아지였다. 포포를 안고 초인종을 누르자 안쪽에서 도리가 "이모예요?"라고 외치는 소리가 들려왔다. 이윽고 도리가 잽싸게 문을 열어주었다. 나는 포포를 거실 바닥에 내려놓았다. 포포가 도리를 보고 꼬리를 쳤다.

"왔니?" 엄마였다. 엄마가 와 있다는 건 듣지 못한 바였다. 도리는 이모가 왔으니 어서 나가자며 옷을 챙겨 입기 시작했다. 언니가 학습지를 다 풀어야 나갈 수 있다고 소리쳤다.

도리는 옷을 갈아입다 말고 자기 방으로 들어가 학습지를 풀었다. 언니가 부엌으로 들어가 커피를 내렸다. 엄마와 나는 식탁 앞에 앉았다.

"여자애 얼굴이 저게 뭐니? 완전 새까맣네." 엄마가 말했다. 서핑을 하느라 햇볕에 그을린 도리의 얼굴을 보고 하는 소리였다.

"종일 그 얘기네." 언니가 지겹다는 말투로 대답했다.

"서핑장 다닌 지 두 달이나 됐다며? 엄마도 가서 구경 좀 하자." 엄마가 나를 보며 미소를 지었다. 지난 두 달 동안 내가 이모 역할을 해온 게 기특하다는 식의 뉘앙스가 담긴 미소였다. 언니가 내 앞에 아이스커피를 내려놓았다. 맞은편에 보이는 언니의 잔에는 얼음물이 담겨 있었다.

"엄마가 따라간다고 할 줄은 몰랐지." 언니가 마른세수를 했다.

"도리가 벌써 그런 것도 한다는 게 신기하잖아." 엄마에게는 서핑이 생소하고 신기한 일인 듯했다.

"그래, 다 같이 가." 내가 대답하자 언니가 고개를 끄덕였다. 포포가 식탁 밑으로 기어 들어갔다.

"강아지도 데려가는 거야?" 엄마가 물었다. 도리가 포포를 따라 부엌으로 와서 식탁 주변을 기웃거렸다.

"응. 서핑장 근처 애견 카페에 맡기면 돼." 내가 대답했다.

서핑장 앞에는 애견 카페가 하나 있었다. 나는 매번 그곳에 포포를 맡기고 도리와 함께 서핑장으로 들어갔다.

"그냥 집에 두고 가지?" 엄마가 말했다. 엄마의 말대로 포포를 집에 두고 다녀도 상관없었다. 그러나 나는 그러고 싶지 않았다.

"싫어." 내가 대답했다. 도리가 아무 말 없이 나를 빤히 쳐다보더니 입을 열었다.

"나는 이모가 좋아." 뜬금없는 도리의 고백에 나는 당황스러웠다. 언니가 왜냐고 묻자 도리가 "이모는 동물을 사랑하니까"라고 답했다. 옆에서 지켜보던 엄마가 "그래, 그래, 다 같이 가자"라고 말하며 웃었다.

거실로 나가자 도리가 운동화를 신고 있는 게 보였다. 운동화 뒤꿈치를 밟고 발을 넣는 바람에 다시 발을 뺐다가 뒤꿈치를 편 후 운동화를 신어야 했다. 운동화를 두 번 신는 꼴이었지만 도리는 매번 그렇게 했다. 그렇게 하면서도 혼자 운동화를 마저 신었다.

나는 앞장서서 차가 있는 곳으로 걸었다. 언니네 집은 주차 공간이 협소했기 때문에 조금 떨어진 동네에 차를 대고 걸어가야 했다. 횡단보도 앞에 서서 신호를 기다리는데 핸드폰 가게에서 틀어 놓은 노래가 거리에 울렸다. 도리가 걸음을 멈추고 춤을 췄다. 팔을 위로 흔들고 엉덩이를 뒤로 쓸

룩거리면서. 지나가던 사람들이 도리를 쳐다봤다. 어떤 할머니가 잘한다며 손뼉을 쳤다. 박수 소리가 나자 도리는 더 열정적으로 춤을 췄다. 도리 또래의 아이들이 도리를 물끄러미 바라봤다. 도리는 지칠 때까지 춤을 출 기세였다. 엄마가 핸드폰으로 동영상 촬영을 했다.

"이모 간다." 내가 말했다. 포포를 맡기려면 오전에 출발해야 했다. 서핑장 앞의 애견 카페는 여덟 마리만 수용했기 때문에 서둘러야 했다. 노래 한 곡이 끝나고 빠른 비트의 새로운 노래가 나왔다. 도리는 반주만 듣고도 열심히 몸을 흔들었다. 그러나 막상 노래가 시작하니 서서히 춤을 멈추었다. 휘젓던 팔을 허리춤으로 내리고 벌렸던 다리를 가지런히 모았다. 그러더니 고개만 적당히 까딱까딱하면서 박자를 탔다.

"끝났어? 가자." 내가 말했다.

"왜 그래, 그냥 둬라." 엄마가 핸드폰 카메라를 들이대며 저지했다. 도리는 여전히 고개를 까딱이며 박자를 타고 있었다.

"이제 안 추잖아." 내가 말했다.

"남자 노래 끝나면 다시 출 거야." 도리가 나를 올려다보며 말했다. 도리에게는 남자 노래에는 춤을 추지 않겠다는 굳건한 의지가 있는 것 같았다.

"춤추는 데 여자 남자가 뭔 상관이야?" 뒤에서 지켜보던 언니가 가까이 다가와 물었다.

"남자 노래엔 춤추기 싫단 말이야!" 도리가 빽 소리를 질렀다. 그러더니 남자 노래는, 남자 노래는, 하며 설명을 제대로 하지 못한 채 짜증을 냈다. 언니가 숨을 길게 내쉬었다. 한숨인지 심호흡인지 모를 것이었다. 도리의 앙칼진 목소리에 신호를 기다리던 사람들도, 지나가던 사람들도 고개를 돌려 우리 쪽을 쳐다보았다. 몇몇 사람들이 자기들끼리 쑥덕거렸다. 사람들의 시선은 춤을 출 때와는 달리 날이 서 있는 듯했다. 도리가 뭐라고 말할지, 내가 어떤 행동을 할지 주시하고 있는 것 같았다.

"그만 추고 가자니까!" 나는 힘주어 도리의 손을 잡았다. 도리가 팔을 마구 휘둘러 손을 빼냈다.

"이모 때문에 내가 속상해서 못 살겠어. 속상해서!" 도리가 손등으로 눈물을 닦았다. 까맣게 그을린 작은 손이 금세 축축해졌다. 포포가 도리에게 다가갔다. 엄마와 언니보다 훨씬 빠르게. 그리고 뒷다리로 서서 도리의 손을 핥아주었다. 도리가 귀찮다는 듯이 몸을 돌려 포포를 피했다. 포포가 질세라 다시 도리에게 붙었다. 도리가 손을 가슴께로 모았다. 포포가 또다시 두 발로 서서 도리의 손을 핥으려 했다.

"왜 이래!" 도리가 신경질적으로 포포를 밀쳤다. 포포가 중심을 잃고 바닥에 넘어져 뒹굴었다. 내가 놀라 다가가자 포포가 아무렇지 않게 네발로 일어났다. 하얗던 등이 시커멓게 더럽혀져 있었다. 나는 도리를 한 번 흘기고는 쭈그리고 앉아 포포의 등을 털어주었다.

포포는 훌륭한 강아지였다. 도리가 아무리 귀찮게 굴고 괴롭혀도 화를 내는 법이 없었다. 도리는 포포의 등을 매우 살살 쓰다듬다가도 포포를 들어 올릴 때나 붙잡을 때 과격하게 힘을 쓰고는 했다. 조심히 만지려고 주의하다가도 저도 모르게 털을 쥐어뜯거나 힘을 쓰게 되는 것 같았다.

어느 비 오던 토요일이었다. 그날 도리는 서핑장에 가는 대신 내가 사는 원룸에서 종일 놀았다. 작고 보잘것없는 방이었지만 도리는 올 때마다 흥미로운 물건을 찾았고 그걸로 몇 시간을 놀았다. 그날은 새로운 스탠드가 도리의 장난감이었다. 도리는 스탠드를 끄고 켜는 걸 이십 분 동안 했고 그다음에는 집의 모든 불을 끄고 스탠드만 켰다. 그 후에는 스탠드 밑에 포포를 눕혀 자장가를 불러주었다. 포포는 도리가 시키는 대로 스탠드 밑에 누웠다. 도리는 포포에게 담요를 덮어주고 자기도 그 옆에 누웠다. 얼마 지나지 않아 포포가 자리를 박차고 일어났다. 도리가 다시 포포를 데려와 눕혔다.

도리가 스탠드를 끄고 켜고, 형광등을 끄고 켜고 하는 사이에 나는 텔레비전도 못 보고 핸드폰도 하지 못했다. 오로지 어둠 속에서 도리가 시키는 대로 도리가 노는 걸 지켜보고 장단을 맞춰줘야 했다. 열심히 놀던 도리가 "아!" 하는 소리를 내더니 놀이를 멈추었다. 그러고는 포포의 눈을 손바닥으로 가렸다가 치웠다가를 반복했다. 이렇게 하면 불을 끄고 켜는 것처럼 느껴진다면서. 도리의 손바닥이 눈앞에서 왔다 갔다 하자 포포가 눈을 깜빡거렸다.

"그러지 마." 내가 말했다.

"왜?" 도리가 물었다.

"무서워하잖아." 내가 대답했다.

"아냐, 가만히 있는걸." 도리가 천진한 얼굴로 말했다.

"무서운데 참고 있는 거야. 도리니까." 나의 말에 도리가 두 손으로 포포의 얼굴을 쥐었다. 눈을 맞추더니 미안하다며 포포의 이마에 뺨을 비벼댔다. 도리를 돌려보낸 후 자세히 보니 포포의 눈이 충혈되어 있었다. 도리가 신난 나머지 손바닥으로 눈을 세게 누른 모양이었다. 충혈은 좀처럼 낫지 않았고 병원에 데려가야 했다. 각막염 진단을 받았고 보름 동안 안약을 넣었다.

 인공 서핑장은 서해안에 인접한 경기도 끝자락에 있었다. 조수석에는 엄마가 앉고 뒷좌석에는 언니와 도리, 포포가 함께 탔다. 중간에는 포포가 앉았다. 도로는 한적했다. 도로 오른편으로 바다가 보였다. 바다는 갯벌이 반쯤 드러나 있었다. 바닷물이 들어오는 중인지 나가는 중인지 알 수 없었다. 포포가 도리의 허벅지 위로 올라갔다. 그리고 창가에 매달려 창문을 앞발로 긁어댔다. 포포는 장시간 차를 타면 멀미를 했다. 도리가 익숙하게 창문을 열어주자 포포가 기다렸다는 듯이 고개를 내밀고 바람을 맞았다.

 "내려놔." 언니가 뒷좌석 중간 부분을 손바닥으로 툭툭 치며 말했다.

 "그러다가 뛰쳐나가려고 그러지?" 도리가 언니의 말을 무시한 채 포포에게 말을 걸었다.

 나는 룸미러로 뒷좌석을 곁눈질했다. 도리가 포포를 등 뒤에서 껴안고 있었다. 언니가 다시 좌석을 손바닥으로 쳤다. 그러자 도리가 포포를 껴안은 채로 창문에 더 바짝 달라붙었다. 자연스럽게 포포의 몸통이 창문에 걸쳐졌다. 얼굴만 내밀었던 방금과는 달리 몸통까지 밖으로 나간 모습이었다. 포포가 창문에 배가 걸쳐진 채로 앞다리를 휘적거렸다.

언니의 시선은 오로지 도리의 뒤통수에 꽂혀 있었다.

"엄마 말 들어!" 언니의 목소리가 커졌다.

"너 자꾸 나가려고 하면 떨어진다?" 도리는 여전히 언니 말을 듣지 않았다. 포포를 끌어안고 창문에 붙어 바람을 맞았다. 사이드 미러로 본 포포의 얼굴은, 아무런 표정이 없었다. 휘적거리던 앞다리가 가만 멈췄다. 포포는 아무런 저항도 하지 않은 채 창문 아래로 지나가는 도로를 내려다보고 있었다.

"창문 닫아!" 나는 뒷좌석을 향해 소리쳤다. 상황을 인지한 언니가 급하게 도리와 포포를 안쪽으로 잡아끌었다. 도리가 힘을 주며 버티었고 그 순간 포포의 몸이 창문 밖으로 튀어 올랐다. 언니가 재빨리 도리를 안쪽으로 제치고 포포를 들여놓았다. 나는 얼른 창문을 다시는 열지 못하도록 잠갔다. 갓길에 차를 세워 뒷좌석을 노려보자 도리가 굳은 표정으로 내 눈치를 살폈다.

그 순간 머릿속에 저걸 확 죽여버릴 수도 없고, 라는 생각이 아주 잠깐 스쳤는데 나도 모르게 그게 입 밖으로 나가버렸다.

"미쳤어, 미쳤어. 그게 애한테 할 말이니?" 엄마가 내 오른쪽 어깨를 때리며 말했다. 언니는 아무 말도 하지 않았다. 묵묵히 도리의 안전벨트를 확인하고 본인이 중간에 앉았다. 포포는 반대편에 앉혀 놓았다. 마치 이 정도가 언니가 할 수 있는 최선이고 베풀 수 있는 최대한의 여유라고 보여주는 듯했다.

나는 다시 액셀을 밟았다. 자꾸 시선이 룸미러로 향했다. 포포는 몸을 동그랗게 말고 배를 연신 핥아댔다. 도리는 반대편에 앉아 창밖을 보고 있었다. 저 멀리 서핑장이 보일 무렵에서야 형부의 존재가 떠올랐다. 방금 내가 했던 말을 도리와 언니가 형부에게 전달하는 장면이 상상됐다. 엄마가 아빠에게 말하는 장면까지도. 나를 보는 가족들의 싸늘한 눈빛과 곧 껄끄러워질 관계가 예상됐다. 하나밖에 없는 조카를 죽이고 싶다고 하다니. 도로 오른편에 바닷물이 반짝, 하고 빛났다. 어느새 물이 많이 들어와 있었다.

애견 카페는 휴무였다. 굳게 닫힌 철문에는 '개인 사정으로 인해 당일 휴무합니다. 죄송합니다'라고 적힌 메모가 붙어 있었다. 핸드폰으로 포포를 맡길 만한 곳을 검색했지만 마땅히 없었다. 차를 타고 십 킬로미터는 가야 상가가 모여 있는 곳이 나왔는데 그마저도 애견 카페는 없었다.

"그러니까 내가 그냥 집에 두고 오자고 했지." 엄마가 짜증 가득한 말투로 말했다.

"내가 데리고 차에 있을게." 언니가 침착하게 말했다. 도리는 뾰로퉁해 있었다. 모두의 앞에서 서핑 타는 걸 보여줄 수 없는 게 아쉬운 모양이었다.

나는 서핑장 입구 쪽으로 걸어갔다. 그리고 매표 직원에게 사정을 설명했다. 주변 애견 카페가 문을 닫아서 그러는데 강아지를 데리고 들어갈 수 없느냐고. 바닥에 내려놓지 않고 안고만 있겠다고. 직원은 당황해하며 "잠시만요"라고 말하더니 자리를 비웠다. 얼마 후 한 남자가 자신을 팀장이라 소개하며 반려동물은 입장이 불가능하다고 정중하게 설명했다. 포포가 입가를 핥으며 쩝쩝거리는 소리를 냈다.

"강아지 데리고 들어가면 안 돼요?" 도리가 팀장에게 물었다. 팀장이 난감하다는 표정을 지으며 죄송하다고 했다.

"도리야, 포포는 차에 두고 오자." 내가 도리를 타이르며 말했다.

"우리 강아지는 차에 있으면 멀미한단 말이에요. 정말로 얌전히 있을게요." 도리가 울먹였다.

"도리야 안 된대." 언니가 단호하게 제지했다. 나는 강아지를 데리고 들어가도 되냐고 물어본 걸 후회했다. 안 될 거라고 예상했지만 혹시나 하는 생각으로 물어본 거였다. 내가 차에서 포포와 기다리고 있으면 되는 것을, 구태여 괜한 문제를 만든 셈이 되었다. 도리가 내 손을 잡아끌며 말했다.

"이모, 우리 그냥 돌아가자." 도리의 말에 엄마와 언니는 당황한 눈치였다. 이를 지켜보던 팀장이 원래는 안 되지만 이번 한 번만 사무실 안에서 강아지를 보호해 주겠다고 했다. 나는 창구 너머를 훑어보았다. 직원들은 이십 대 초중반인 것 같았다. 그중에서 몇몇은 강아지를 좋아하는지 창구에 붙어 포포를 구경하고 있었다. 나는 모르는 사람들에게 포포를 맡기는 게 내심 불안했지만, 모처럼 찾아온 기회였다.

"그럼, 두 시간만 부탁드릴게요." 내 말에 팀장이 창구에서 나왔다. 나는 붙잡고 있던 포포의 가슴줄을 건네주었다. 포포가 멀뚱히 나를 쳐다보았다. 팀장이 살짝 줄을 잡아당기자 포포가 팀장을 따라 사무실로 들어갔다. 서핑장 안으로 들어가는 내내 도리는 제대로 걷지 않고 미적댔다. 몇 번이고 고개를 돌려 포포가 있는 매표 창구를 쳐다봤다. 다행히도 포포는 멀어지는 우릴 향해 짖지 않았다.

"괜찮아. 포포는 훌륭한 강아지니까." 내가 말했고 도리가 "응"이라고 대답했다.

*

도리는 여전히 파도풀 한가운데에 떠 있었다. 그러다가 한쪽 무릎을 세워 보드 위에 올라섰다. 양팔을 벌렸지만 균형 잡기가 힘든 건지 몸이 이리저리 흔들렸다. 그 장면을 보고 있자니 물 위에서 춤을 추는 것 같았다. 수평선 끝에서 파도가 만들어졌다. 도리가 한쪽 다리를 내밀고 무릎을 굽힌 자세를 제법 안정적으로 구현했다. 파도가 와도 끄떡없다는 듯이. 그러나 도리는 파도가 오기 전에 다시 물속으로 떨어졌다.

물에 빠진 도리는 그다음 파도가 한차례 지나갈 때까지 수면 위로 나오지 못했다. 출렁이는 물결 위에 도리의 빨간 보드가 떠다녔다. 또다시 파도가 만들어졌다. 도리가 불쑥 얼굴을 내밀어 보드 위에 올라탔다. 그러나 보드에 엎드려 있는 게 고작인 건지 아무 자세도 취하지 못했다. 엄마는 성인들이 상급 코스에서 서핑하는 걸 보고 있었다.

파도가 철썩이며 바닥 위로 부서졌다. 물결은 곡선을 보이며 천천히 뒤로 빠졌다. 도리의 등 뒤로 여태 본 것 중 가장 커다란 파도가 밀려오고 있었다. 파도가 도리를 덮치기 직전, 도리가 번쩍 일어났다. 이리저리 팔을 흔들고 다리 한쪽을 앞으로 내밀었다. 도리는 파도의 가장 윗부분에서 물결을 따라 앞으로 나아갔다. 불안해 보였지만 파도의 가장 높은 곳에 서 있었다. 그렇게 파도를 타며 육지로 나왔다. 파도가 꺼지면서 도리의 보드도 멈추었다. 스피커에서 휴식 시간이라는 안내 방송이 나왔다.

"할머니 봤어?" 도리가 뛰어오며 물었다. 도리가 파도를 탄 시간은 길어야 5초 정도였고 엄마는 딴짓을 했기에 보지 못했다.

"응, 봤지. 너무 멋지던걸?" 엄마가 대답했다.

"엄마는 어딨어?" 도리가 물었다. 나는 언니에게 전화를 걸었다. 언니는 서핑장 안에 있는 카페에 있다고 했다. 그러더니 너무 더우니까 다들 카페로 오라고 했다. 나는 엄마와 도리를 데리고 카페로 들어갔다.

카페는 에어컨 바람이 세게 나오고 있었다. 언니는 이미 커피 한 잔을 다 마신 상태였다. 도리가 언니에게 왜 여기 있었느냐고 물었다. 언니는 화장실에 갔다가 길을 잃었다고 했다. 도리가 "엄마는 바보야" 하며 웃었다. 언니의 표정이 순간 어두워졌지만 도리는 이를 눈치채지 못했다. 도리는 의자에 앉는 대신 그 옆에 서서 양팔을 옆으로 벌려 파도를 타는 시늉을 했다. 엄마가 핸드폰을 꺼내 그 모습을 찍었다. 갑자기 도리가 주먹으로 테이블을 쾅, 하고 내리쳤다. 화가 났는지 눈을 부릅뜨고 있었다.

"도리 너! 테이블을 주먹으로 치면 어떡해!" 언니가 언성을 높였다.

"찍지 말란 말이야!" 도리가 지지 않고 외쳤다. 나는 도리가 사진 찍는 걸 안 좋아했나? 하는 의문이 들었지만 지금 싫다고 하면 싫은 거였다.

"그렇다고 이렇게 주먹으로 치면 어떡해? 엄마가 말로 하라 했지!" 언니가 도리를 혼내더니 엄마를 향해 "엄마도 적당히 해. 출발할 때부터 계속 찍던데"라고 덧붙였다. 도리의 얼굴은 햇볕에 그을려서인지 화가 나서인지 시뻘게져 있었다.

"할머니는……" 엄마가 입을 열었다. 모두가 엄마를 쳐다봤다.

"할머니는 도리가 예뻐서 그랬어. 예뻐서 찍고 싶었어. 친구들한테 자랑하려고." 엄마는 엄마가 낼 수 있는 최대한의 부드러운 어조로 감정을 토로하고 있었다. 엄마는 도리의 화가 풀리길 정말로 바라고 있는 것 같았다. 언니가 눈을 감았다.

"그래, 도리야. 도리가 이해해 주자. 할머니가 도리가 너무 예뻐서 그랬대." 언니가 차분하게 도리를 타일렀다. 그러나 도리는 여전히 씩씩대는 소리를 내며 엄마를 쳐다보았다. 그러다가 시선을 언니에게로 옮겼고 나와도 잠깐 눈이 마주쳤는데, 그 얼굴을 보고 있자니 예전의 어느 기억이 떠올랐다.

내가 가족들에게 결혼하지 않겠다고 밝혔을 때였다. 가족들은 당황한 눈치였지만, 이내 나의 선택을 수긍해 주었다. 말하진 않았지만 이미 예상하고 있던 것 같기도 했다.

언니가 혼자서도 멋지게 잘 살면 된다고, 결혼해도 이혼하는 사람 천지라고 말했다. 나는 잘 살 자신도 없고 결혼이라는 선택지를 버린 것도 잘한 건지 모르겠으나 고맙다고 했다.

밥을 먹는 내내 엄마와 아빠는 별말이 없었다. 아빠야 원래도 말이 없는 편이었지만 엄마가 아무 말도 없는 건 아무래도 듣기 싫은 소리를 참고 있는 것 같았다. 언니와 형부가 잘 생각했다며 번갈아 가며 한마디씩 했다. 언니가 모처럼의 저녁 식사에 분위기가 어둡다며 술을 꺼내왔다. 엄마가 술을 몇 잔 마시더니 말했다.

"다 내가 잘못 키워서 그렇다."

나를 두고 한 말이었다. 아무도 대꾸하지 않았다. 그때 아빠가 엄마를 보며 혀를 찼다. 언니가 "왜 그런 말을 해? 요즘이 어떤 세상인데"라고 반박했다. 엄마는 내 쪽은 쳐다보지도 않고, 부모 죽으면 혼자 남을 텐데 불쌍하다고 우는 소리를 냈다. 언니가 너무 그렇게만 생각하지 말라고 요즘 애들은 다 저렇다고 엄마를 다독였다. 나는 수저를 내려놓고 자리에서 일어나 거실 소파 끝에 걸터앉았다. 밥을 먹는 둥 마는 둥 하며 방과 거실을 오가던 도리가 살며시 내 옆에 앉았다.

"이모 결혼 안 해?" 도리가 물었다.

"응." 나는 무미건조한 목소리로 대답했다.

"왜?"

"하고 싶지 않으니까."

"그럼 혼자잖아."

"아니야. 도리도 있고 포포도 있잖아."

"만약에 도리랑 포포가 없어지면 어떡해?"

"왜 그런 무서운 소릴 해?" 내 물음에 도리가 나를 빤히 올려다봤다.

"나중에 도리가 이모랑 결혼할게." 적막이 흐르던 집 안에 형부가 으하하, 하고 웃는 소리가 울렸다. 이윽고 가족들도 따라 웃었고 도리는 손바닥으로 얼굴을 문지르더니 푸하하, 소리를 냈다. 엄마도 울상을 지우고 웃고 있었다. 나도 웃어야 할 것 같은 기분이 들어 슬쩍 미소를 지었는데 도리와 눈이 마주쳤다. 도리가 보란 듯이 더 크게 활짝 웃었다. 도리는 알고 있었을까. 그런 말을 하면 어른들이 웃는다는 걸.

"거짓말." 내 말에 도리와 가족들의 웃음소리가 잦아들었다.

"가족끼리 어떻게 결혼하냐?" 내가 말했고, 도리가 다시 미소를 지으며 "아니야!"라고 외쳤다. 가족들이 그래, 그래, 도리가 이모랑 있으면 되겠네, 하며 웃었다.

씩씩거리는 도리의 얼굴을 보고 있자니 밥을 먹다 말고 소파에 걸터앉은 내 얼굴도 저랬을까 싶었다. 도리는 있는 힘껏

화를 내고 있었고⋯⋯ 외로워 보였다. 엄마와 언니는 어느새 서핑장에 대한 이야기로 넘어가 있었다. 서핑장이 생각보다 크다는 것, 사람이 은근히 많다는 것, 도리 또래가 몇몇 보인다는 것, 그런 얘기들이었다.

"엄마, 사과해." 내가 말했다. 엄마와 언니가 눈을 동그랗게 뜨고 나를 쳐다봤다.

"예뻐서 찍었다는 그런 말 하지 말고, 기분 상하게 한 거 똑바로 사과하라고."

엄마가 "그런 거니?" 하며 두 손을 테이블에 올렸다. 엄마가 사과를 하기도 전에 도리의 표정은 이미 화가 풀려 있었다.

포포는 사무실 구석에 누워 자고 있었다. 애견 카페에서 새로운 냄새를 모두 맡은 후 흥미를 잃은 채 드러누운 모습과 똑같았다. 도리가 포포에게 달려갔다. 포포가 일어나 뒷다리로 점프하며 반겼다.

*

초인종을 누르자 도리가 "이모예요?"라고 큰 소리로 물으며 문을 열어주었다. 도리는 내복만 입고 있었다. 도리는 오늘은 진짜 바다에 가는 날이라며 너무 좋다고 행복하다고 했다. 도리가 방에 들어가 옷을 갈아입는 사이 언니는 평소보다 커다란 가방을 꺼내와 짐을 챙겼다. 로션과 속옷을 챙겨 각각의 봉투에 담아 가방 안에 넣었다.

양양으로 가는 동안 도리는 한숨도 자지 않았다. 노래를 크게 틀어달라고 했고, 노래가 나오자 차 안에서 몸을 들썩이며 춤을 추었다. 여자 노래든 남자 노래든 신경 쓰지 않았다. 노래가 끝나고 잠깐의 정적이 흘렀다. 나는 룸미러로 도리가 뭘 하는지 확인했다. 도리는 포포를 쓰다듬고 있었다. 고속도로에 진입하고 얼마 가지 않아 포포는 창문을 긁어댔고 몇 번이고 창밖에 매달려 바람을 맞았다. 포포의 가슴줄을 운전석에 단단히 묶어둔 채였다.

"도리야." 나는 도리를 불렀다.

"왜?" 도리가 대답했다.

"파도는 어떻게 타는 거야?" 내가 묻자 도리가 킬킬거리며 "그건 왜?"라고 되물었다. 이모는 파도를 타본 적이 없어서 모르거든, 같은 말이 떠올랐지만 "그냥"이라고 답했다. 도리가 웃음을 띤 채로 외쳤다.

"파도보다 더 높이 점프!"

머릿속에 도리가 춤을 추다가 몇 번이고 점프하던 모습이 떠올랐다. 노래에 맞춰 신나는 부분에 하늘을 향해 점프하는 모습이. 도리는 이제 점프하는 일을 땅이 아닌 물 위에서 대입해 보고 있는 것 같았다. 물속으로 떨어질 것 같아도, 물

살이 등을 떠밀어도, 파도가 덮치기 직전에도, 파도보다 더 높이 점프하는 일을 몇 번이고 연습하면서.

"이모, 내가 비밀 하나 말해줄까?" 도리가 신이 나서 떠들었다. 비밀이라는 말에 나는 흥미가 생겨 말해달라고 했다.

"이모 차에는 카시트가 없어서 좋아." 도리가 소곤댔다. 나는 "아, 그렇구나"라고 대답하며 고개를 끄덕였다. 그런 게 비밀이 될 수도 있구나, 하며.

"또 비밀 하나 알려줄까?" 도리가 말했고 나는 비밀이 또 있다고 한들 대단한 건 아니라는 생각에 심드렁하게 "뭔데?" 하고 물었다.

"나 사실 수영장에서 쫓겨난 거야." 도리는 누가 들으면 안 되는 듯이 매우 작게 말했다. 도리의 말에 의하면, 도리는 딱 한 번, 자유 연습 시간이 주어졌을 때 깊은 레일로 들어간 적이 있었다. 도리는 자신의 키를 훨씬 웃도는 1.5미터 깊이에 겁도 없이 입수했다. 힘차게 발을 차고 팔을 휘두르며 레일을 몇 바퀴고 돌았다. 언니도, 수영 강사도 이 사실을 몰랐다. 그러던 중 어떤 사람이 도리에게 와서 말을 걸었다. 왜 어른들 하는 데에서 수영하냐고. 어린애는 여기서 하면 안 된다고. 도리는 그래서 수영장에 가지 않게 되었다고 했다.

"그건 도리가 위험할까 봐, 걱정되어서 그랬던 거지." 나는 어떤 사람을 두둔했다. 도리가 "아냐, 난 쫓겨난 거야"라고

파도보다 더 높이 143

말했다. 완강한 도리의 태도를 보고 있자니 나는 이런 생각이 들었다. 그날 도리가 수영장에서 들은 말은, 어린이는 여기서 수영하지 마, 정도가 아니라 야 인마 너 여기서 이러다간 죽어, 일지도 모른다고. 아니면 수영 중에 부딪히거나 걸리적거려서 더한 말을 들었을지도 몰랐다.

"그때 죽이고 싶다 해서 미안." 나는 진심으로 사과했다. 도리가 아하하 소리 내서 웃었다.

주차를 마치자마자 도리는 낯설어하는 기색도 없이 보드 대여 가게로 들어갔다. 카운터에서 선글라스를 낀 사장이 나왔다. 그는 바람이 점점 거세지는 게 내일은 파도를 타기 어려울 것 같다고 했다. 도리는 어린이용 코너에 가서 전신이 검은색으로 된 서핑용 수영복과 빨간 보드를 골랐다.

양양의 날씨는 금방이라도 비가 올 것 같이 흐렸다. 파도가 칠 때마다 천둥 같은 소리가 사방에 울렸고 검푸른 물이 높게 차올라 있었다. 이곳은 파도 제조기가 파도를 만들어 내는 인공 서핑장이 아니었고 물이 빠지고 들어오는 서해안도 아니었다. 바다 끝에서부터 높은 파도가 여러 개 만들어져 다가오고 있었다. 허공에 코를 대고 바람 냄새를 맡던 포포가 백사장 위를 정신없이 달리기 시작했다. 포포는 도리와 내 주변을 빙빙 돌며 모래를 신나게 파헤쳤다.

"갔다 올게." 도리가 보드를 들고 씩씩하게 바다로 뛰었다. 포포도 함께 달렸다. 도리가 물속으로 들어가자 포포는 파도가 끝나는 지점에 서서 도리를 향해 짖어댔다. 마치 거기 가지 말라고 말리듯이. 포포가 짖는 소리는 사방에서 울려대는 파도 소리보다 더 컸다.

"도리야!" 나는 있는 힘껏 도리를 불렀다. 도리가 몸을 돌려 포포와 나를 향해 한쪽 팔을 흔들어 주었다. 도리는 능숙하게 물 위에 보드를 띄웠고 바다 안쪽으로 헤엄쳤다. 흐린 하늘 아래 사랑스러운 도리와 **빨간** 보드가 점점 작아져만 갔다. 도리 앞으로 펼쳐진 수평선에서 겹겹의 파도가 밀려오고 있었다.

별을 보러 갑니다

페르세우스 유성우가 쏟아지는 여름밤이었다. 휴대폰이 울렸고 빈은 전화를 받았다. 아리였다. 아리는 별을 보러 가자고 했다. 빈은 시계를 보았다. 밤 열 시였고 잠을 자야 할 시간에 나가고 싶지 않았다.

"한 시간에 이백 개씩 떨어진대." 아리가 들뜬 목소리로 말했다.

"글쎄……" 빈이 얼버무렸다. 빈은 살면서 별 같은 건 보러 간 적이 없었을뿐더러 보고 싶다는 생각도 든 적이 없었다. 한 시간에 이백 개가 떨어지든 이천 개가 떨어지든 그다지 관심 없었다. 빈은 창가 쪽으로 걸어가 창문을 열고 고개를 들어 밤하늘을 올려다보았다. 깜깜했다.

"소원 세 개만 빌고 돌아오자." 아리가 타이르듯 말했다.

"어디서 보는데?" 빈이 물었다. 아리가 기다렸다는 듯이 별이 잘 보이는 곳을 알아봤다며 어느 산성을 제시했다. 빈은 내비게이션 앱을 켜 산성을 검색했다. 집에서 이백 킬로는 가야 하는 거리였다. 이백 킬로나 되는 거리를 그것도 이 밤에 가자는 게 무슨 의미인지 아리는 알고 있을까.

"멀잖아." 빈이 대꾸했다.

"너 달리는 거 좋아하잖아." 아리가 말했다. 빈은 이 말을 '함께 달려 줄게'로 해석했다. 어쩌면 아리도 별 같은 것보다 달리는 게 목적일지도 모른다고, 빈은 생각했다.

"그래 가자." 빈이 대답했다.

빈의 유일한 자랑이자 재산인 독일제 자동차가 아리의 집 앞에 도착했을 때, 아리는 편의점에 다녀오겠다고 했다. 편의점에 들어간 지 오 분도 채 지나지 않아 아리는 먹을 걸 한가득 안고 나왔다. 아리가 뒷좌석 문을 열어 품에 있던 것들을 쏟아냈다. 소주 세 병과 맥주 네 캔 그리고 커피우유 한 개가 뒷좌석에서 굴렀다. 이윽고 아리가 자연스럽게 조수석에 올라탔다.

아리가 팔을 뻗어 뒷좌석에서 맥주 한 캔과 커피우유 하나를 집어 들었다. 커피우유는 빈에게 건네고 본인은 맥주 캔을 땄다. 빈은 얼결에 받아 든 커피우유를 보았다. 한쪽 귀퉁이가 심하게 찌그러져 있었다. 뒷좌석에 떨어질 때 잘못된 건지, 진열대에서부터 이 모양이었던 건지 알 수 없었다. 하필 줘도 이런 걸 주다니. 너무나 아리다웠다.

커피우유는 몇 모금 들이켜자 금세 바닥을 드러냈다. 빈은 안전벨트를 매고 액셀을 밟았다. 아리는 옆에 앉아 맥주를 홀짝거렸다. 그러다가 뒷좌석을 더듬거려 소주를 집었다. 맥주 캔의 조그만 입구로 소주가 졸졸 소리를 내며 들어갔다. 얼마 들어가지 않아 소주가 위로 흘러넘쳤다. 아리가 작게 욕을 내뱉고선 손등을 핥았다. 빈은 아리의 어설픈 행동을 곁눈질하며 쳐다보았다.

"이 차, 오랜만이다." 고속도로에 진입했을 무렵 아리가 나지막이 말했다. 빈은 아리를 태운 게 얼마 만인지 헤아렸다. 차를 뽑은 직후에 한 번 태운 게 다였으니 거의 일 년 전이었다. 차를 새로 샀을 무렵 주변 반응은 싸늘했다. 빈의 아빠는 자신이 준 일억 원 중 팔천만 원이 차를 사는 데에 쓰일 줄은 상상도 못 했다며 모자란 놈이라고 분노했다. 당연한 반응이었다. 그 돈은 결혼 자금이든 집을 구하는 데에 보태든 독립하라고 준 거였다. 그러나 빈은 결혼이나 집에는 관심이 없었기에 평소 갖고 싶었던 차를 샀다.

회사 동료들은 주차장에 주차된 빈의 차를 보고 한마디도

하지 않았다. 같은 수준의 월급을 받으니 당연히 가계도 같은 수준일 거라고 여겼는데, 팔천만 원짜리 차를 샀다는 사실이 과히 충격적인 모양이었다. 빈은 한순간에 동료들에게 배신자이자 시샘의 대상이 되었다.

유일한 친구인 아리만이 "축하해! 나는 언제 태워줄 거니?" 하고 물었는데 빈은 이 말이 반갑고 고마웠다. 그래서 가장 먼저 조수석에 아리를 태웠다. 물론 아리에게는 처음으로 태운 사람이 너라는 걸 말하지는 않았지만.

"그러게, 오랜만이네." 빈이 전방의 카메라를 쳐다보며 답했다. 속도를 올리고 싶었지만 그럴 수 없었다. 도로는 죄다 과속 단속 구간이었다. 하는 수 없이 백오십 킬로로 달리다가 카메라 앞에서 속도를 팍 줄이고 다시 급발진하기를 반복해야 했다. 그러나 이것도 잠시, 이동식 과속 단속 구간이 시작되어 평균 백 킬로를 유지해야 했다.

"카메라가 많네." 아리가 뒷좌석에서 새로운 맥주 캔을 끄집어냈다. 입구를 따서 몇 모금 들이켜더니 컵홀더에 끼워둔 소주병을 들어 소주도 한 모금 마셨다. 한 손에는 맥주를, 다른 한 손에는 소주를 들고 번갈아 마시고 있었다. 맥주 캔에 소주 따르는 걸 포기한 모양이었다. 안주 하나 없었고 완벽한 알코올 중독자 같은 모습이었다. 빈은 아리가 술을 먹는 게 걱정되었지만 한편으로는 이렇게 해서 기분이 나아진다면 그냥 내버려두자는 생각도 들었다.

"카메라 천지야." 빈이 전방을 주시한 채 대답했다.

"입구가 작아서 따라 넣기가 힘들어." 아리가 변명하듯 웃음소리를 섞어 말했다.

회색 차 한 대가 매우 빠른 속도로 오른쪽 차선에서 튀어나와 앞으로 끼어들었다. 빈은 핸들을 꺾고 속도를 높였다. 어두운 차 안에서 계기판의 숫자가 밝게 빛났다. 속도는 팍팍 올라갔다. 백이십에서 백오십으로, 백오십에서 백팔십으로. 회색 차도 지지 않았다. 빈은 회색 차를 따라잡기 위해 열심히 핸들을 틀고 차선을 바꿨다. 회색 차는 어느새 코앞에 있었다. 회색 차가 보란 듯이 속력을 내며 거리를 띄웠다. 빈의 시야로 회색 차와 주변 풍경이 빠르게 스쳐 지나갔다. 모든 것이 밝고 선명하게 보이는 낮이었다면 위협적으로 보일 수도 있었지만 지금은 밤이었고 그래서 그런지 모든 게 뭉개져 보였다. 뭉개진 것들은 위협적이지 않았다.

"카메라는 어쩌고?" 아리가 허리를 곧추세우며 외쳤다.

"그딴 거······" 빈은 '그딴 거 알 바냐'라는 말을 하려다가 입을 다물었다. 그 말은 왠지 갈 데까지 간 사람이나 내뱉는 말 같았고 그렇게까지는 말하고 싶지 않았다. 빈은 액셀에서 발을 뗐다. 거의 따라잡았던 회색 차가 점점 멀어져 갔다. 아리가 없었으면 추월할 때까지 달렸을 터였다. 빈은 한

숨을 내쉬었다. 커피우유가 입 안에 남아 있던 건지 씁쓸한 맛이 느껴졌다.

"신고당할지도 몰라." 아리가 엄중한 목소리로 말했다. 양손에 술을 든 채로. 빈은 대꾸할 가치를 못 느꼈다. 이 밤에 누가 왜 신고를 한단 말인가. 허공에 설치된 카메라 말고는 빈을 신고할 존재가 없었다. 고속도로 차선이 하나씩 줄어들었고 이내 가로등도 없는 깜깜한 길이 나타났다. 아리가 차창 밖으로 얼굴을 내밀어 밤하늘을 올려다봤다.

"별이 아주 많아!" 바람 때문에 아리가 큰 소리로 말했다. 출발하기 전 집에서 본 밤하늘엔 별이 몇 개 없었기에 빈은 의아해했다.

"산성에 도착해서도 많이 보일까?" 빈이 큰 소리로 물었다.

"글쎄." 아리가 똑바로 앉더니 창문을 닫았다.

"무슨 소원 빌 거야?" 아리가 물었다. 빈은 깊은 고민 없이 바로 입을 열었다.

"로또 당첨." 아리는 별말 없이 연거푸 맥주를 마셔댔다.

"그리고?" 아리가 물었다. 그리고? 라는 물음에 빈은 출발 전 아리가 소원 세 개만 빌고 오자고 한 걸 떠올렸다. 한 개도 아니고 세 개씩이나 빌어야 한다니. 급하게 머릿속으로 어떤 소원을 빌어야 할지 생각했고 건강, 행복 같은 어느 누구나 소망할 법한 것들이 떠올랐다.

"건강이랑 행복?" 빈이 대답했다.

"그런 허황된 거 말고 구체적으로 실현될 만한 걸 빌어 봐." 아리가 대꾸했다. 빈은 소원이 허황된 것과 실현될 만한 것으로 나뉘는 게 놀라웠지만 티 내지 않았다.

"너는?" 빈이 말을 돌렸다.

"모르겠어." 아리가 의기소침해하며 대답했다. 빈은 어이가 없었다. 본인의 소원도 정하지 못한 주제에 남의 소원에 간섭했다니.

"다음 학기를 무탈하게 보내게 해달라는 건 어때?" 빈이 제안했다.

"그딴 걸 왜 빌어?" 아리가 정색하며 물었다.

"이게 왜?" 빈이 난색했다.

"내가 왜 그런 소원을 빌어야 돼?" 아리는 감정이 상한 것 같았다. 빈은 다음 학기를 무탈하게 보내게 해달라는 소원은 나쁘지 않다고 생각했다. 아리가 교사 일을 하며 학교에서 겪는 문제가 한둘이 아니었기 때문이었다.

아리는 어렵사리 임용고시에 합격했고 의욕도 다분했다. 그러나 처음부터 일을 잘할 수는 없었기에 크고 작은 실수를 했다. 그중에서도 '학부모 연락처 사건'은 아리를 몇 달간 괴롭힌 일이었다.

학부모 연락처 사건은 대략 이러했다. A학부모가 아리에게 전화해 B학부모의 연락처를 알려달라고 했다. 평범하다 못해 나긋나긋한 목소리였다. A학부모와 B학부모는 둘 다 운영위원회에 소속되어 있었다. 관련된 일이 있겠거니 하며 아리는 별생각 없이 연락처를 알려주었다. 다음 날 아리는 교장실로 호출되었다. 두 학부모가 싸우다가 학교로 찾아온 것이었다. 교장실에서 상황을 듣던 아리는 두 학부모가 싸우게 된 일이 뭔지 바로 기억해 냈다.

쉬는 시간에 A와 B가 장난을 치다가 다친 일이었다. 장난으로 시작했지만 싸움으로 번질 뻔한 일이었다. 비록 A가 다치긴 했어도 광대뼈 부분이 옷깃에 쓸린 수준이라 문제라고는 생각하지 않았다. 아리는 A학부모에게 상황을 설명하며 두 학생 모두 악의가 없고 살짝 다친 거니 기분 풀라고 했다. 또 앞으로는 더욱 각별히 주시할 테니 걱정하지 말라고 했다. 그러나 이런 설득으로 해결될 일이 아니었다. 학교까지 찾아온 마당이었으니까. 이 일로 학폭위가 열렸고 아리는 시말서를 작성해야 했다. 아리의 잘못은 학부모에게 다른 학부모의 연락처를 쉬이 넘긴 거였다.

빈이 이 소식을 들었을 무렵에는 이미 학폭위가 열리고 난 후였다. 빈과 아리는 치킨 집에 앉아 있었다. 빈은 아리에게 아무 생각 없이 연락처를 알려준 건 정말 어설픈 짓이었다며 일침을 가했다. 그러나 그 일이 학폭위까지 연결되었다는 결말을 들었을 때는 잘못에 비해 치른 값이 과하지 않나 싶었다.

테이블 위에 놓인 치킨이 노란 조명을 받아 번들거렸다. 옆 테이블에 앉은 두 사람은 뭐가 그리 재미있는지 박수를 치며 웃어 댔다. 맞은편 테이블에는 세 명의 남자가 불그스레한 얼굴로 조잘대며 떠들고 있었다. 스피커에서 빠른 리듬의 노래가 흘러나왔다. 맥주잔에 맺힌 물기가 테이블로 떨어졌다. 빈은 여태 아리와 떠들었던 A고 B고 연락처고 학폭위고 했던 일들이 아무것도 아닌 일처럼 느껴졌다. 애들은 툭하면 싸우는 존재였고 어른들은 툭하면 과민 반응하는 존재였다. 무엇이든 모두 학교 밖에선 별것도 아닌 일들이었다. 아니, 학교 안에서도 아무것도 아닌 일이었다. 학교라는 곳은 항상 사소한 것이 쉽게 부풀어지곤 했다.

"그딴 걸 소원으로 빌 바엔 일을 때려치우고 말지." 아리가 덤덤하게 말했다. 마음에도 없는 소리라고 빈은 생각했다.

"나는 나의 노력으로는 도무지 이뤄지지 않는 것을 빌어야겠어." 아리가 목소리 톤을 한층 올려 말했다.

"로또 당첨 같은 거?" 빈이 물었다.

"어, 그런 거." 아리의 대답을 끝으로 차 안에 정적이 흘렀다. 중간에 휴게소를 몇 개 지나쳤고, 빈은 아리에게 화장실에 갈 거냐고 물었지만 아리는 안 가도 된다고 했다.

산성 밑 공영 주차장은 한산했다. 대여섯 대의 차가 먼지 쌓인 채 주차되어 있었다. 빈은 주차를 마치고 자동차 주변을 한 바퀴 둘러본 뒤 산성 입구로 걸었다. 주차장에서 산성으로 가는 길은 등산로에 가까운 수준이었다. 좁은 산길에 가로등이 드문드문 놓여 있었고 하얀 불빛이 바닥을 동그랗게 비추고 있었다. 가로등 밑을 벗어나면 어둠이 곧바로 들이닥쳤다. 축축한 산 내음이 공기 중에 진동했다.

"야, 너무 어둡다!" 비틀거리며 걸어가던 아리가 외쳤다. 빈은 주머니에서 핸드폰을 꺼내 플래시를 켰다. 어디선가 커다란 나방이 달려들었다. 팔을 휘적거리며 내쫓자 이번엔 두 마리가 날아왔다. 빈은 나방들을 그냥 내버려두기로 했다. 그렇게 오 분 정도 걷자 산성 위로 이어진 나무 계단이 나타났다. 빈이 플래시를 위로 비췄다. 꼭대기까지는 빛이 닿지 않았다.

"꼭 올라가야겠어?" 빈이 물었다. 하늘을 올려다보며 여기서도 별이 잘 보이는 거 같은데, 라고 혼잣말 비스름하게 덧붙였다.

"미쳤니?" 아리가 말했다. 아리는 이백 킬로나 달려왔는데 여기까지 와서 산성을 안 올라가는 건 말이 안 된다며 앞장

서서 계단을 올랐다. 빈이 급하게 아리의 발밑에 플래시를 비춰 줬다. 아리가 심호흡하며 계단을 올랐다. 그러나 술에 취해 몸의 중심을 잡기가 힘든 건지 계속 비틀거렸다. 빈은 불안한 눈빛으로 아리를 주시하며 계단을 오르다가 플래시를 비추는 것과 자신의 발밑을 보는 것도 벅차 바닥으로 시선을 옮겼다. 계단은 아무리 올라도 끝이 없었다. 아리가 헉헉거렸고 빈도 숨이 찼다. 빈이 잠깐 쉬자고 말하려는데 아리가 정상이라고 외쳤다.

정상은 탁 트여 있었고 가로등 하나 없었다. 열 명은 족히 넘어 보이는 사람들이 어둠 속에서 별을 보고 있었다. 별을 보는 모습은 가지각색이었다. 누워서 보는 사람, 앉아서 보는 사람, 서서 보는 사람. 빈은 이 많은 사람이 별을 보러 왔다는 사실에 적잖게 당황했다.

"야, 나 화장실 급해." 아리가 말했다. 빈이 고개를 돌려 주변을 살폈다. 대충 봐도 화장실은 없었다. 주차장 근처였다면 모를까.

"여긴 없어. 다시 내려가야 해." 빈의 말에 아리가 인상을 구겼다.

"내려가긴. 저기서 쌀래." 아리가 손가락으로 나무가 울창한 곳을 가리켰다. 그곳은 나무끼리 서로 겹치며 밤하늘보다 훨씬 짙은 어둠을 만들어 내고 있었다. 저렇게 어두운 곳에서 노상 방뇨라니. 빈이 생각하기에 그건 아니었다.

아리가 다급하게 빈의 팔을 잡아끌었다. 아리는 확고했다. 저기서 오줌을 누겠다는 의지가. 빈은 마지못해 검은 나무 쪽으로 끌려갔다. 빈의 등 뒤로 사람들의 외마디와 박수 소리가 들려왔다. 그 사이 별이 떨어진 모양이었다. 검은 나무에 가까워질수록 주위는 더욱 어두워졌고 공기도 차가워졌다.

검은 나무 속으로 발을 들이자마자 아리가 안쪽으로 달려갔다. 그리고 어느 나무 뒤로 몸을 숨겼다. 빈은 아리가 숨은 나무에서 살짝 떨어진 곳에 섰다. 가만히 나무를 응시하고 있자니 아리가 바지를 내리는 소리, 오줌을 싸는 소리 같은 게 들려올 것 같아서 고개를 젖혀 하늘을 올려다봤다. 하늘은 나뭇가지에 가려져 조각나 있었다. 나무 바깥쪽에서 사람들의 탄성이 다시 들려왔다. 빈의 시야가 닿지 않은 밤하늘 어딘가에서 별이 떨어진 거였다. 빈은 아무런 소원도 빌지 못한 채 별과 함께 소원이 사라져 버린 느낌이 들었다.

하나의 별이 떨어졌지만 아리는 나무 뒤에서 나오지 않았다. 한 무리가 검은 나무 안쪽으로 들어왔다. 성인 남자 네다섯 명이었다. 무리는 주변을 기웃거리다가 어둠 속에 서 있는 빈을 보고 깜짝 놀라 주춤거렸다. 그러나 그것도 잠시 성큼성큼 어둠 속으로 들어왔다.

무리가 가까워질수록 빈은 아리를 불러야 할지 고민했다. 여기서 아리가 등장하면 무리가 어떤 생각을 할지는 뻔했다. 그리고 어쩌면 무리는 그런 것을 기대하고 이곳으로 온 걸지도 몰랐다. 으슥한 곳에 들어간 남녀가 무얼 하는지 기대하며.

"아리야!" 빈이 아리를 불렀다. 나무 뒤에서 부스럭거리는 소리가 나더니 아리가 불쑥 나타났다. 무리 중 한 명이 갑자기 튀어나온 사람 형상을 보고 소스라쳤다. 그 모습을 보자 빈은 무리가 그저 산성 밑으로 내려가기 위해 여기에 온 걸 수도 있다는 생각이 들었다. 무리는 아리의 앞에서 잠시 멈춰 섰다. 그리고 이내 어떤 상황인지 눈치챈 건지 키득거렸다.

"뭘 봐?" 아리가 무리를 향해 말했다. 날이 선 목소리였다. 무리는 잠시 웃음을 거두는가 싶더니 더 크게 웃으며 제 갈 길을 갔다. 아리가 "웃겨?" 하며 무리 쪽으로 걸어갔다. 빈이 잽싸게 따라갔지만 아리의 걸음이 훨씬 빨랐.

"새끼가 웃어?" 아리가 무리를 향해 소리를 질렀고 무리 중 한 명이 등을 돌리더니 큰 소리로 외쳤다.

"그러게 누가 오줌 싸래?" 남자의 외침에 아리는 벙쩌 가만히 서 있었다. 노상 방뇨가 잘못이라고는 전혀 생각하지 못한 사람처럼. 이 정도는 사람들이 암묵적으로 당연히 이

해해 줄 거라고, 이런 걸로는 사람을 비웃지 않을 거라고 여긴 듯이. 아리의 뒤로 하늘을 향해 일자로 뻗어 있는 검은 나무들이 보였다. 검은 나무들 속에 혼자 덩그러니 서 있는 아리의 모습은 이질적으로 보였다. 아리가 아무런 의심도 없이 A학부모에게 B학부모의 연락처를 알려줬을 때, 그리고 그 일이 눈덩이 불어나듯 커졌을 때, 그때도 아리는 이렇게 굳은 자세로 학교에 서 있었을까. 빈은 아리의 팔을 붙잡아 검은 나무 밖으로 걸었다.

중학생 때였다. 쉬는 시간이었고 빈은 여느 때처럼 홀로 자리에 앉아 있었다. 소란한 교실 풍경을 곁눈질하다가 창가로 고개를 돌렸을 때였다.
"왜 이렇게 울상이야? 좀 웃어." 한 애가 구석에 앉아 있는 빈을 향해 말했다. 툭하면 빈을 괴롭히던 애였다. 빈은 전학 온 뒤로 어느 무리에도 끼지 못했다. 전에 다니던 학교에서도 친구가 많았던 건 아니었다. 그래도 단짝이 한 명 있었고 어색하지만 인사를 나누는 친구도 서너 명 있었다. 이렇게까지 혼자는 아니었다. 울상이라는 소리에 교실에서 떠들던 몇 명이 고개를 돌려 빈을 쳐다봤다. 빈은 책상 위에 엎드리기 위해 팔을 올렸다.
"웃을 일이 있어야 쳐 웃지." 갑자기 아리가 껴들었다. 빈에게 쏠려 있던 시선이 일제히 아리에게로 향했다. 시비를 걸었던 그 애의 얼굴에 당황한 기색이 드러났지만 이내 가소롭다는 표정으로 바뀌었다. 아리는 그 표정을 놓치지 않았다. 자리를 박차 그 애의 멱살을 잡았다. 하얗고 가느다란 손이었다.

"넌 뭔데 껴들어?" 멱살을 잡힌 채 그 애가 말했다. 아리의 주먹이 작게 떨렸고 빈은 자리에서 벌떡 일어나 있는 힘껏 그 애를 밀쳤다. 얼결에 뒤로 넘어진 그 애가 놀란 얼굴로 빈을 올려다보다가 일어나 달려들었다. 구경하던 몇몇이 그 애와 빈을 떨어트렸다. 막아서는 애들의 어깨 너머로 빈은 뒷문으로 나가는 아리를 보았다. 빈은 이러면 사귀는 사이로 보일 텐데, 라고 생각하며 자신도 뒤따라 교실을 나섰다.

아리는 복도 끝 계단으로 뛰어가고 있었다. 빈은 아리를 따라 복도를 달렸다. 바람이 불며 눈앞의 풍경이 빠르게 지나갔다. 달리는 순간에는 명확한 게 하나도 없었다. 하나의 풍경을 지나칠 때마다 잡념들도 하나씩 휘발되었다. 정말 울상인지 확인하려던 반 애들의 시선, 멱살을 쥔 아리의 하얗고 가느다란 손, 그 애의 단단한 어깨, 단짝이 쓰던 동그란 안경, 동그란 안경이 땅에 떨어진 모습, 그 모든 상황에 동반되었던 아찔한 감정. 머릿속에 남아 있던 불명확한 것들이 휘발되고 아리를 쫓겠다는 일념만이 또렷해졌다. 빈은 일

별을 보러 갑니다

층에 도착해서야 아리의 어깨를 붙잡을 수 있었다. 아리가 신경질적으로 등을 돌려 멈춰 섰다.

"저기……" 빈은 고맙다고 말하기 전에 마른침을 한 번 삼켰다. 아리가 인상을 쓰고 선수 쳐서 말했다.

"꺼져." 수업을 알리는 종소리가 울렸고 어수선하던 교내가 순식간에 조용해졌다.

"꺼지라고." 아리가 빈을 밀치고 밖으로 뛰어나갔다.

그로부터 며칠 후, 아리가 빈을 복도로 불러냈다. 빈은 복도로 나가는 게 망설여졌지만 아리가 빨리 나오라고 소리쳐서 허겁지겁 나갔다. 같은 반 학생들이 아리와 빈을 힐끔거렸다. 빈은 그 시선이 부담스러워 저도 모르게 아리를 쳐다보았고 눈이 마주쳤다. 얼른 시선을 밑으로 내리자 아리의 하얀 손이 시야에 들어왔다. 아리가 덤덤하게 말을 이었다.

"너에게 꺼지라고 한 건, 너한테 어떤 감정이 있어서 그런 건 아니었어. 그냥 꺼져가 나올 차례였던 거야. 아, 꺼져가 나올 차례라는 게 그 상황이 그럴 만했다는 건 아니고…… 그냥 습관적으로 나온 것 같아. 변명 같겠지만 그게 사실이야. 악의가 있어서는 아니었어. 기분 나빴다면 미안."

빈은 아리가 사과를 할 거라고는 예상하지 못했었다. 그야 아리는, 학급에 적응 못한 전학생, 늘 혼자 밥 먹는 애, 유별난 애, 재수 없는 애, 기생오라비, 호모 새끼인 빈을 감싸

준 유일한 사람이었으니까. 그 커다란 호의 앞에 아리가 내뱉은 '꺼져'는 상쇄되고도 남은 셈이었다. 아리가 사과하며 빈의 안색을 살폈다. 빈이 보기에 아리는 계산과는 먼 사람인 것 같았다.

"난 괜찮아. 정말이야." 빈이 대답했다.

검은 나무 밖은 안보다 밝았다. 밤중인데도 사람들의 모습이 훤히 보이는 듯했다. 모두가 하늘을 올려다보고 있어서인지 거리낌없이 사람들을 쳐다볼 수 있었다. 빈은 사람들이 언제 온 거며, 유성우는 몇 개나 봤는지, 소원은 몇 개나 빌었는지, 그 소원들이 정말로 이뤄질 거라고 믿는지 궁금했다. 하늘을 보자 아까는 미처 보지 못했던 수많은 별이 눈앞에 펼쳐졌다. 밤하늘은 검푸른색이었고 아주 어둡지는 않았다. 별을 보고 있으니 침착해지는 기분이 들었다.

"봤어?" 아리가 물었다. 또 별이 지나간 모양이었다.

"아니." 빈이 대답했다. 빈은 하늘 구석구석에 시선을 두었다. 어디에서 별이 떨어질지 전혀 예측되지 않았다.

"뉴스에선 한 시간에 이백 개의 유성우가 지나간다고 했는데." 아리가 중얼거렸다. 빈은 이백 개가 떨어진다 해도 정작 눈으로 보이는 건 한두 개뿐일 거라는 생각이 들었다.

"이제 내려가자." 빈이 말했다. 바짓단에 이슬이 묻어 발목 주변이 서늘했고 그 느낌이 불쾌했다.

"난 아직 소원 다 못 빌었는데." 아리가 답했다. 빈은 아리의 소원이 뭐였는지 기억을 되짚어 보다가 로또 당첨이라는 걸 떠올렸다. 그런 건 빌어 봤자였다.

"내려갈래. 재미없어." 빈은 단호하게 말하고 내려가는 길로 향했다. 아리가 뒤에서 몇 번이나 불렀지만 들은 척도 하지 않았다. 또다시 별 하나가 떨어졌는지 여기저기서 탄성이 흘러나왔다. 빈은 저도 모르게 뒤를 돌아 사람들을 쳐다봤다. 어둠 속에서 아리가 서둘러 따라오고 있었다.

"꼭 이래야 하냐!" 산성에서 내려오자마자 아리가 소리쳤다. 아리는 이제 다시 올라갈 수도 없다고, 이대로 집으로 돌아가려니 억울하다고 했다. 빈은 할 말이 없었다. 이백 킬로를 달려왔고 산성에도 올라갔다. 그리고 별도 보았다. 비록 별이 떨어지는 장면을 목격하진 못했지만, 어쨌든 별이 떨어지는 순간에 거기에 있었다. 그건 본 것과 크게 다르지 않았다.

"나 교사를 관둬야 할지도 몰라." 아리가 말했다. '관두겠다'도 아니고 '관둬야 할지도 모른다'라니. 해고당할지도 모른다는 소리인가. 빈은 당혹스러웠고 허리를 숙여 아리의 안색을 살폈다. 아리의 눈에 눈물이 맺혀 있었다.

"너 울어?" 빈이 물었고 아리가 고개를 숙였다. 빈은 아리를 안아주었다. 아리의 등을 토닥이다가 이건 너무 가깝지 않나, 우린 도대체 무슨 사이인가, 하는 생각에 빠졌다. 친구 사이라고 하기에는 관심사나 성격이 너무 달랐고 서로 통한다고 느끼는 지점도 전혀 없었다. 연인 사이는 더더욱 아니었다. 그렇다고 아리를 사랑하지 않는 건 또 아니었다. 참으로 애매한 사이였다.

빈은 어쩌다가 아리와 친해지게 된 건지 떠올려 보았다. 같은 반이기는 했지만 짝꿍이었던 것도 아니고 함께 동아리 활동을 한 경험도 없었다. 그런데도 지금까지 연락을 유지하며 지내고 있다는 건 희한한 일이었다. 사소한 눈빛 하나로 일이 틀어지기도 하는 반면 관계가 형성되기도 하는 게 학교라는 장소였다.

그날 복도에서 아리가 사과한 이후에도 둘의 관계에 큰 변화는 없었다. 빈은 여전히 혼자였고 혼자인 걸 넘어 따돌림을 당하기도 했다. 학급 모두가 빈을 괴롭힌 건 아니었지만 은연중에 빈을 가장 낮은 서열로 여기곤 했다. 빈을 괴롭히지 않던 아이도 어쩌다가 빈과 부딪히면 불쾌하다는 듯 욕지거리를 내뱉었다.

아리는 어울리는 친구들이 있었고, 그 무리에서 이탈할 정도로 빈과 친밀한 사이는 아니었다. 그러나 아주 가끔 아리는 빈에게 말을 걸었다. 안녕, 응 안녕. 다음 수업 뭐야? 수학. 배 안 고파? 배고파. 아주 짧은 대화였다. 그러던 어느 이른 아침, 아리가 빈에게 말했다.

"너 전에 있던 학교에서 싸웠다며?"

"응." 빈이 대답했다. 아리가 뚫어져라 쳐다봤고 빈은 그 시선이 부담스러워 고개를 돌렸다. 아무래도 누구랑 왜 싸웠는지 물을 기세였는데, 빈은 단짝과 고작 게임기 하나로 싸웠다가 끝내 전학까지 오게 되었다는 사연을 아리에게 늘어놓고 싶지 않았다. 한참 동안 빈을 응시하던 아리가 입을 열었다.

"이겼냐?" 아리가 물었고 빈은 어떤 대답도 할 수 없었다. 결말이랄 게 없는 승부였다. 단짝의 광대뼈가 함몰되었고 다신 보지 말자는 원망 섞인 소리를 들었다. 부모끼리 합의를 진행했고 부서진 안경값만 지불하는 대신 전학을 가는 걸로 마무리 되었다. 사과를 바라지도 사과를 할 새도 없는 과정이었다.

"몰라." 빈이 대답했다.

"졌네." 아리가 말했다.

점심시간, 빈은 여느 때처럼 급식실에 홀로 앉아 밥을 먹었다. 아리가 옆에 앉더니 빈의 귓가에만 들릴 정도로 소곤소곤 말했다.

"저 자식들 잘 봐." 아리가 손가락으로 어느 곳을 가리켰다. 손가락 끝엔 반에서 유독 빈을 괴롭히는 무리가 급식을 받고 있었다. 이윽고 무리는 식판을 들고 자리에 앉았다. 그리고 너나 할 것 없이 각자의 수저통에서 수저를 꺼내었다.

"풉!" 아리가 새어 나오는 웃음을 간신히 참았다. 빈은 뭐가 웃긴 건지 알 수 없었다. 무리가 급식을 먹기 시작했다. 숟가락으로 국을 떠먹고 젓가락으로 반찬을 집어 먹었다. 아리가 더는 참을 수 없다는 듯이 입을 벌리고 푸하하, 소리 내 웃었다. 급식실은 너무 시끄러웠기에 아리가 아무리 크게 웃어도 무리에게는 가닿지 않았다.

"왜 그래?" 빈이 의아해하며 물었다. 아리가 겨우 웃음을 참으며 말했다.

"저거, 저것들, 다 변기에 헹군 거거든!" 빈의 머릿속에 아리가 몰래 수저통을 빼내어 화장실로 가 장난을 치는 장면이 그려졌다. 이런 행동을 해도 괴롭힘에 대한 보복이 될 순 없었다. 이건 그저 도가 지나친 장난일 뿐이라고 빈은 생각했다. 그러나 생각과는 다르게 입에서 자꾸 웃음이 피식피식 흘러나왔다.

아리가 훌쩍였다. 빈은 아리를 토닥였다. 이제는 따돌림에 대한 억울함도, 단짝을 때린 자신에 대한 어리석음도 희미한 과거의 일부분으로 다가올 뿐이었다. 시간이 흘러 잊혀지고 무뎌진 것들이었다. 그러나 아리는 여전히 학교에 남아 있었고 학교는 빈이 다니던 시절과는 너무나도 변해 있어서 어떤 조언도 위로도 쉽사리 나오지 않았다. 낯설어진 학교에서 아리는 홀로 고군분투하고 있었다.

"그 새끼들이 모두 불행해졌으면 좋겠어." 아리가 울먹이며 말했다. 빈은 그 새끼들이 학생들인 건지, 학부모들인 건지, 시말서를 요구한 교장인 건지, 산성 위에서 만났던 무리인 건지 분간되지 않았다. 아리가 고개를 숙인 채 어깨를 들썩였다.

빈은 고개를 들어 밤하늘을 올려다봤다. 별은 산성 위에서 본 것보다 훨씬 멀어져 있었다. 십 분 정도 내려온 것뿐인데 이렇게도 멀어질 수 있는 걸까. 그때 별 하나가 떨어졌다. 별빛은 매우 선명하게 꼬리를 그리며 천천히 시야에서 사라졌다. 빈은 소원을 빌었다. 그 새끼들이 모두 불행해지게 해달라고.

빈은 운전석에 앉아 자동차의 시동을 켰다. 어느덧 새벽 네 시였고 조급함이 들었다. 가능하면 출근 시간대는 피하고 싶었다. 도로는 아직 잠들어 있었다. 가게는 모두 불이 꺼져 있었고 거리엔 사람 한 명 없었다. 오직 신호등만이 신호를 바꿔가며 묵묵히 제 할 일을 하고 있었다. 아리는 컵홀

더에 끼워뒀던 소주병을 들어 몇 번 홀짝이더니 졸기 시작했다.

몇 개의 로터리를 회전했고 사거리가 나타났다. 사거리 너머 고속도로 진입로가 보였다. 신호는 빨간불이었다. 잠시 운전을 멈추자 빈에게도 졸음이 물밀듯 밀려왔다. 빈은 옆에서 자는 아리를 쳐다보다가 근처 모텔에서 자고 갈까 고민했다. 그러나 그냥 집에 가기로 했다. 아침까진 버틸 수 있을 것 같았다. 정 안되면 졸음 쉼터에서 한숨 자면 되는 일이었다.

차 뒤편에서 날카로운 클랙슨 소리가 울렸다. 정신이 확 깼고 아무 의심 없이 출발했다. 얼핏 신호를 확인하니 빨간불이었다. 빈은 급하게 브레이크를 밟았다. 클랙슨 소리는 멈추지 않았고 뒤에 있던 차가 빠르게 앞으로 치고 나왔다.

튀어나온 차는 고속도로에서 보았던 회색 차와 똑같았다. 회색 차는 빨간불의 사거리를 가로질러 고속도로 진입로까지 달려갔다. 빈은 직감적으로 새벽에 만났던, 카메라 따윈 신경도 안 쓰던 회색 차와 같은 차라는 걸 알았다. 한 번이면 모를까 두 번째 대결까지 패할 순 없었다. 빈은 액셀을 세게 밟았다. 고속도로로 진입했고 단숨에 회색 차를 따라잡았다. 옆에서 붙어 달리던 회색 차가 앞으로 치고 나왔다. 빈도 지지 않고 속도를 높였다. 그러나 회색 차가 한 발 더 빨랐다. 빈이 다시 따라잡기 위해 속력을 높였다.

그때였다. 앞서 달리던 회색 차가 끼익, 하는 소리를 내며 휘청거리더니 회전할 기세로 오른쪽 차선으로 미끄러졌다. 빈은 재빨리 액셀에서 발을 뗐다. 그리고 왼쪽으로 차를 붙였다. 뒤나 옆에 다른 차가 있는지는 확인하지 못했다. 그저 본능적인 감각으로 행한 일이었다. 회색 차는 오른쪽으로 계속 미끄러졌고 도로를 이탈해 벽에 부딪힐 것만 같았다. 빈은 중앙분리대에 붙어 회색 차를 추월했다. 이 모든 게 삼 초도 안 되는 사이에 일어난 일이었다. 차의 속도가 줄어들자 빈은 서서히 브레이크를 밟으며 룸미러로 회색 차를 살폈다. 회색 차는 갓길에 멈춰 있었다.

빈은 보았다. 도로 위로 튀어나온 어느 작은 생명체를. 생명체는 너무 빠른 속도로 차에 치여 버려서 눈 깜짝할 새에 하늘 위로 튀어 올랐다. 순식간의 일이었지만 빈은 분명히 보았다. 그리고 빈은 갓길 옆 허공을 날고 있던 또 다른 생명체도 본 것 같았다. 허공에 있던 생명체는 가만히 그 광경을 목격하다가 수풀 위로 날아갔다. 아니, 이건 본 게 아니고 느낀 거 같기도 했다. 그건 어미였던 걸까, 새끼였던 걸까. 어쩌면 차에 치여 튕겨 나간 생명체를 쫓던 포식자였을지도 몰랐다.

"누가 신고하면 어떡해?" 아리가 물었다.

"뭔가가 회색 차에 치였어." 빈이 말했고 아리가 한 손으로 입을 가렸다. 그리고 서럽게 울었다.

"왜 우리한테 이런 일이 일어나는 거지." 아리가 말했다. 빈은 아리의 울음소리를 집중하며 들었다. 그 소리를 듣고 있자니 눈앞이 텅 비어버리는 것 같은 공허함이 들었고 같이 울어버리고 싶은 심정이 되었다. 서서히 사위가 밝아오고 있었다. 하늘의 별들은 모두 사라지고 없었다.

해안로

1

 그 도로의 이름은 해안로. 해안로는 바다와 접해 있었다. 해안로와 바다 사이에는 폭이 좁고 길게 뻗은 녹지대가 있었다. 녹지대는 관리가 제대로 되지 않아 길고 누런 수풀이 무성했다. 바다의 반대편, 내륙 쪽에는 공단이 펼쳐져 있었다. 공단은 지역을 대표할 정도로 규모가 컸다. 워낙 대표할 게 없는 지역이기도 했지만 공단 규모가 큰 것도 사실이었다.
 나는 하루에 두 번 해안로를 걸었다. 출근할 때 한 번, 퇴근할 때 한 번. 내가 사는 곳은 공단 끄트머리에 있는 빌라촌이었다. 빌라촌의 빌라들은 회색으로 된 오 층짜리 건물로 모두 비슷한 생김새였다. 도서관, 우체국, 소방서 같은 시설은 없었다. 해안로를 걷다 보면 이따금 바다 냄새가 바람에 실려왔다. 비릿한 냄새가 코끝에 닿을 때면 더 이상 밀려날 곳이 없다는 생각이 들었다.

해안로는 왕복 네 개의 차선으로 이뤄져 있었다. 네 대의 차가 나란히 달리는 경우는 거의 없었다. 통행량이 적고 지나가는 사람도 드문 도로였다. 사람이 있다 하면 높은 확률로 외국인노동자였다.

사람이 적어서일까. 신호등과 횡단보도가 적었다. 횡단보도가 띄엄띄엄 놓여 있었기에 공단에서 바다 쪽으로 혹은 바다에서 공단 쪽으로 건너려면 횡단보도가 있는 곳까지 한참을 걸어가야 했다. 사람들은 무단횡단을 자주 했다. 해안로에서는 흔한 풍경이었다. 맞은편까지는 많이 쳐줘야 스무 걸음 정도니까. 차가 오지 않을 때 스무 걸음만 빠르게 걸으면 되는 일이었다.

퇴근길이었다. 나는 여느 때처럼 해안로를 걸었다. 까만 하늘, 사방에서 불어오는 찬 바람, 사람도 차도 없는 조용한 거리. 온몸을 웅크리고 걸음을 재촉했다. 새해 첫 주 내내 야근했고 다음 주도 마찬가지였다. 겨울이 빨리 끝났으면 좋겠다는 생각이 들었다. 시끄러운 바람 소리 속에서 현수막 같은 두꺼운 천이 펄럭이는 소리가 났다. 소리를 따라 고개를 돌리자 녹지대 쪽에 흰색 현수막이 걸려 있는 게 보였다.

현수막은 소나무와 소나무 사이에 걸린 채 바람을 맞으며 정신없이 펄럭이고 있었다. 바람 때문에 현수막의 내용을 읽을 수가 없었다. 현수막을 걸어둔 소나무들은 몸통이 얇은 어린 나무들이었고 제 몸 하나 버티고 서 있는 것도 버거워 보였다. 그중 하나는 언제 쓰러져도 이상할 게 없을 정도로 기울어져 있었다.

바람이 사그라들고 나서야 나는 현수막에 적힌 내용을 읽을 수 있었다. 목격자를 찾습니다. 12월 31일 23시에 일어난 검은 차와 보행자가 부딪힌 사고의 목격자를 찾습니다. 12월 31일. 일주일 전이었다. 보행자가 죽은 걸까.

나는 흰색 현수막을 지나쳐 계속 걸었다. 누군가가 세워둔 건지 버린 건지 모를 낡은 자전거 한 대가 가로등 옆에 있었다. 얼마 걷지 않아 어느 분양 사무소에서 걸어 놓은 형형색색의 현수막이 나타났다. 빨갛고 파란 글씨로 채워진 광고 현수막이었다. 방금 보았던 흰색 현수막이 떠올랐다. 생각해 보니 이상할 정도로 단조로운 인상이었다. 흰색 현수막은 흰 바탕에 검은 글자가 적혀 있는 게 전부였다. 이목을 끌기 위해 빨간색이나 파란색을 사용할 법도 한데 그런 게 전혀 없었다. 글씨체도 무난했다. 이건 평범하지 않았다.

도로 위로 자동차 한 대가 바람을 가르며 빠르게 지나갔다.

과속 방지턱이 있었지만 속도를 낮추지 않았고 덜컹거리는 소리가 크게 났다. 과속 방지턱은 칠이 벗겨진 채 부서져 있었다. 그 위로 주황색 고양이 한 마리가 나타났다. 고양이는 녹지대 쪽에서 이쪽으로 도로를 가로질러 달려오고 있었다. 재빠르게 인도 위로 올라오더니 당연하다는 듯이 공단 안쪽으로 달렸다. 멀어져 가던 고양이가 돌연 멈추어 등을 돌렸다. 내 쪽을 보는 것 같았다.

나는 다시 빌라촌으로 향했다. 그러다가 깨달았다. 걸어도 걸어도 계속 같은 자리라는 것을. 분명 앞으로 나아갔지만 한참을 걸어도 빌라촌은 나오지 않았다. 빌라촌 입구에 다다를 때쯤 해안로가 길게 늘어나서 다시 나를 뒤로 옮겨 놓는 식이었다. 정신을 차리고 나면 몸통이 얇은 소나무가 나타났다. 언제 쓰러져도 이상하지 않은 모습으로. 나는 달렸다. 해안로가 늘어나기 전에 빌라촌에 도착할 심산이었다.

달리면서 가로등 옆에 세워진 낡은 자전거를 지나쳤다. 그리고 형형색색의 분양 사무소 현수막을 보았다. 이어서 칠이 벗겨진 채 부서진 과속 방지턱이 나왔다. 나는 더 빠르게 다리를 움직였다. 빌라촌이 나와야 할 때가 되었지만 나오지 않았다. 녹지대 쪽에 몸통이 얇은 소나무 한 그루가 기울어져 있었다. 언제 쓰러져도 이상하지 않은 모습으로. 조금 더 달리자 가로등 옆에 누군가가 세워둔 건지 버린 건지 모를 낡은 자전거 한 대가 나타났다. 다시 형형색색의 현수막. 부서진 과속 방지턱. 또다시 태연하게 나타나는 언제 쓰러져도 이상하지 않은 기울어진 소나무. 낡은 자전거. 형형색색의 현수막. 부서진 과속 방지턱…… 나는 달리는 걸 멈췄다.

핸드폰을 꺼내 시간을 보았다. 12월 31일 22시 50분. 꿈을 꾸고 있는 게 아닐까, 하는 착각이 일었다. 12월 31일은 일주일 전이었고 나는 분명 새해를 맞이한 기억이 있었다. 화면을 껐다가 다시 켰다. 여전히 12월 31일 22시 50분이었다. 제자리에 서서 핸드폰 화면을 들여다보았다. 51분이 되었다. 이럴 수가 있나. 나는 핸드폰을 도로 주머니에 넣었다.

시끄럽게 불어대는 바람 소리 속에서 희미하게 아이들이 낄낄대는 소리가 들려왔다. 소리는 빌라촌 반대 방향에서 났다. 목소리의 주인은 두 명이었고 남자아이였다. 소리는 끊길 듯 끊기지 않고 이어졌다.

나는 아이들 소리에 집중하며 소리가 나는 곳으로 향했다. 누구라도 붙잡고 싶은 심정이었다. 소리가 나는 곳으로 달리던 중 자동차 한 대가 빠르게 지나갔다. 이윽고 타이어 마찰음이 들리더니 무언가가 세게 부딪히는 소리가 도로 위에 울렸다. 나는 우뚝 멈춰 섰다. 도로 저 멀리 검은 차 한 대가 서 있었다. 아이들의 웃음소리가 더 이상 들리지 않았다. 사고가 난 것 같아 소방서에 전화를 걸었다. 수신음이 길게 느껴졌다. 뒤를 돌아보니 몸통이 얇은 어린 소나무가 시야에 들어왔다. 그중 하나는 언제 쓰러져도 이상할 게 없는 모습이었다. 소방서는 전화를 받지 않았다. 나는 핸드폰을 귀에서 떼고 화면을 보았다. 23시였다.

생각해 보니 어린 소나무들 사이에 흰색 현수막이 걸려 있지 않았다.

2

나와 사비나 씨는 매일 이백 개의 소화전 외함을 조립했다. 옥외 소화전이든 옥내 소화전이든 외함은 똑같은 모양이었다. 스테인리스로 된 네모난 문. 소화전 외함에는 두 개의 문이 있었다. 위쪽의 작은 문과 아래쪽의 큰 문. 나와 사비나 씨는 두 개의 문에 여닫이 장치를 달고 큰 문에 '소화전'이라는 글자를 박았다. 이 작업을 마친 후에는 두 개의 문이 제대로 열고 닫히는지 점검했다.

글자를 박는 일과 여닫이 장치를 다는 일은 할 만했다. 일을 하면서 가장 힘들었던 건 이백 개의 외함을 조립대 위로 올렸다가 다시 완성함에 넣는 일이었다. 소화전 외함은 무거웠고 한 번에 여러 개를 쌓아둘 수 없었기에 나와 사비나 씨는 스무 개 정도를 옮겨두고 조립한 뒤 다시 스무 개를 옮기는 식으로 작업했다. 우리는 그걸 한 판이라고 불렀다. 퇴근까지 열 판을 완료하는 게 우리의 업무였다.

세 판째 외함을 옮길 때였다. 나도 모르게 입에서 아이씨, 하는 소리가 나왔다. 사비나 씨가 바로 옆에 서서 함께 외함을 들고 있었기에 나는 변명하듯 혼잣말로 무거워서, 라고 했다. 그러자 사비나 씨가 웃음기를 띤 얼굴로 말했다.

저는 문 여는 게 제일 싫어요.

사비나 씨는 어지간해선 입을 열지 않는 편이었다. 그런 사비나 씨가 무언가가 싫다고 말하는 건 매우 낯선 일이었다.

왜요?

내가 물었다.

왼손, 저는 왼손이에요.

사비나 씨가 나를 쳐다보며 또박또박 대답했다. 쌍꺼풀이 짙은 커다란 눈이었다. 나는 시선을 피했다. 소화전은 문을 열 때 홈에 손가락을 넣은 뒤 당겨야 열리는 구조였다. 당연하게도 오른손을 넣어 여는 구조로 설계되어 있었다. 왼손으로 열면 문이 열리면서 몸이 돌아갈 수밖에 없었다. 그동안 나는 오른손으로 소화전 문을 열었고 단 한 번도 팔 안쪽으로 문이 열리는 것에 대해 편하다거나 수월하다고 생각한 적이 없었다. 그건 너무나 당연해서 생각할 필요도 없는 일이었다. 하지만 사비나 씨는 문을 열 때마다 불편을 겪고 있던 모양이었다. 나는 곰곰이 생각하다가 입을 열었다.

외함을 가로로 눕혀서 작업하세요.

작업대에 가로로 눕혀서 작업하면 왼손이든 오른손이든 수월하게 열리는 일이었다. 몸쪽으로 열면 되니까. 진즉에 그렇게 했으면 더 좋았을 거였다. 그러나 사비나 씨 성격상 먼저 나서서 그런 제안을 하는 건 있을 수 없는 일이었다. 사비나 씨는 내가 하라는 대로만 했고 가르쳐준 대로만 일했다. 근무 중에 전화를 받아도 된다고 말해주지 않았기에 쉬는 시간이 아니면 핸드폰을 꺼내지 않았고, 커피를 마시는 것도 나를 따라 아침에 한 잔 점심에 한 잔 하루에 총 두 잔만 마셨다. 공구를 정리하는 것도 내가 넣는 순서대로 했다. 나는 그저 큰 것들을 먼저 집어넣었을 뿐이었는데도. 커다란 조립대 위에 소화전 외함을 세로로 두고 일한 것도 내가 세로로 두어서였다.

네.

사비나 씨가 대답했다. 입가에 옅은 미소가 지어져 있었다. 사비나 씨가 입사한 지 세 달이 지나고 나서야 우리는 서로가 싫어하는 것을 알게 되었다. 비록 업무에 관한 것이었지만. 그 후 사비나 씨는 가끔 자신의 이야기를 해주었다. 사비나 씨의 친정이 카자흐스탄에 있다는 것. 친정 식구들이 방이 여섯 개나 있는 큰 집에서 산다는 것. 동생들이 대학생이라는 것. 사비나 씨 혼자 아들을 키우고 있다는 것. 아들이 초등학교 삼 학년이라는 것. 넌지시 아들의 이름을 알려주기도 했는데 흔한 한국 이름이라 금방 잊어버렸다.

하루는 이런 일이 있었다. 공장 앞 도로에 로드킬이 발생했다. 나는 인도 위에 서서 도로를 쳐다봤다. 검은 아스팔트 위로 붉은 피가 진득하게 말라붙어 있었다. 그 위로 주황색 털이 피에 젖은 채 굳어 있었다. 붉은 피는 길게 이어져 있었다. 자국을 따라 시선을 옮기자 잘게 부서진 살점이 보였고 조금 더 먼 곳에 형체가 남아 있는 몸통이 나타났다.

검은 차 한 대가 멀리서부터 다가왔다. 검은 차는 아스팔트 위에 눕혀 있는 몸통을 밟고 갈 기세로 빠르게 달려오더니 바로 앞에서 차선을 옮겨 피해 갔다. 주황색 털이 바람에 흔들렸다. 멀찍이 떨어진 곳에서 보아도 머리는 없었다. 머리는 어디로 간 걸까. 나는 아스팔트에 납작하게 붙어 있는 몸통이, 공장 주변을 맴돌던 나비의 것이 아니었으면 좋겠다고 생각했다. 언제부터인가 갑자기 나타나 두려워하면서도 나를 지켜보던 나비. 참치캔을 따주자 호기심 가득한 눈빛으로 다가오던 나비. 청명하고 맑은 초록색 눈의 나비.

가을볕이 뜨겁게 내리쬐고 있었다. 맞은편에서 차가 또 지나갔다. 모든 차가 아스팔트 위 몸통을 피해 갈 수는 없었다. 누군가는 치워야 했다. 그러나 저걸 치울 사람은 없었다. 나는 도로에 시선을 고정하고 그저 서 있었다. 가까이 다가갈 엄두가 나지 않았다.

그때 사비나 씨가 조용히 도로로 내려갔다. 한 손에 철제 쓰레받기가 들려 있었다. 사비나 씨는 도로에 납작하게 붙어 있는 몸통을 쓰레받기에 담으려 했다. 몸통이 아스팔트에서 떨어져 쓰레받기 안으로 조금씩 들어갔다. 사비나 씨는 조심스러워 보였지만 주저함이 없었다. 사비나 씨가 서 있는 차선으로 차 한 대가 달려왔다. 차는 급격하게 속도를 줄여 옆 차선으로 이동했다. 경적을 길게 울리면서. 사비나 씨는 바로 옆으로 지나가는 차를 잠시 쳐다보는가 싶더니 다시 몸통을 치우는 일에 집중했다.

나는 공장으로 들어가 똑같이 철제 쓰레받기를 들고 나왔다. 그리고 사비나 씨의 쓰레받기에 몸통이 온전히 들어갈 수 있도록 이리저리 쓰레받기를 움직였다. 한동안 나와 사비나 씨는 마주 서서 쓰레받기의 방향을 이리저리 틀었다. 그사이 차는 한 대도 지나가지 않았다. 사비나 씨의 쓰레받기 속으로 몸통이 온전히 들어갔다.

사비나 씨가 무단횡단을 해서 녹지대로 걸어갔다. 누런 수풀이 무성한 곳으로 들어가 쓰레받기를 털어냈다. 입술 사이로 짭짤한 맛이 느껴졌다. 고개를 숙이자 아스팔트 위로 물방울이 떨어지며 검은 자국을 남겼다. 이마에 맺힌 땀이 바닥으로 후두둑 떨어졌다.

사비나 씨가 다시 도로로 내려왔다. 우리는 쓰레받기를 들고 공장으로 돌아갔다. 둘 다 아무 말도 하지 않았다. 후덥지근한 공기가 적막을 에워쌌다. 누군가가 곁에 있어서 다행이라는 생각이 들었다. 누군가가 곁에 있다는 것. 또 그래서 다행이라는 것. 아주 오랜만에 든 생각이었다.

3

바람이 한차례 불어왔다. 해안로 위에는 나 혼자였다. 핸드폰에서 통화를 연결할 수 없다는 안내음이 나왔다. 주황색 고양이 한 마리가 녹지대 쪽에서 이쪽으로 뛰어오는 게 보였다. 고양이는 인도에 올라온 후에도 속도를 내서 공단 쪽으로 달렸다. 고양이가 다리를 멈추어 내 쪽을 바라봤다. 나는 고양이를 빤히 쳐다봤다. 초록색 눈인지 아닌지 확인하려 했지만 너무 멀어 보이지 않았다. 고양이가 등을 돌려 제 갈 길을 갔다.

나는 핸드폰 화면을 켰다. 12월 31일 22시 50분. 시간이 23시에서 22시 50분으로 되돌아가 있었다. 공단은 불이 꺼진 채 조용했다. 대부분의 공장이 종무식을 하고 일찍 닫은 것 같았다. 도로 끝에서 아이들의 웃음소리가 들려왔다. 소리가 나는 곳으로 달렸다. 아이들이어도 괜찮으니 이 도로에 사람이 있다는 걸 확인하고 싶었다. 그리고 또 하나. 검은 차와 보행자의 사고. 흰색 현수막에 적혀 있던 사고가 아이들과 관련된 것인지 확인하고 싶었다.

숨이 차올랐다. 초등학생으로 보이는 아이 두 명이 서로 치고받으며 내 쪽으로 오고 있는 게 보였다. 장난을 치고 있었다. 한 아이가 도로 쪽으로 튀어 나갔다. 그러고선 무단횡단을 하며 녹지대 쪽으로 건넜다. 다른 아이 역시 잽싸게 도로로 내려갔다. 눈앞으로 해맑게 웃는 아이의 옆모습이 지나갔다. 순식간에 아이의 옆모습이 사라지고 뒷모습이 시야에 들어왔다.

아이가 입은 패딩은 아이의 옷이라고는 볼 수 없을 정도로 컸다. 엉덩이를 덮을 정도로 기장이 길었고 색이 바래 흐릿한 파란색을 띠고 있었다. 특히 소매와 주머니 쪽은 물이 거의 다 빠져 흰색 수준이었다. 그나마 등 부분에 쨍한 파란색이 남아 있어서 본래 색을 짐작할 수 있었다. 아이가 도로를 가로질러 달렸다. 달리는 아이의 한쪽 어깨로 패딩이 흘러내렸고 아이가 손으로 패딩을 올렸다.

등 뒤에서 엔진 소리가 들려왔다. 작게 들리던 엔진 소리는 점점 더 커졌다. 등을 돌려 뒤를 보니 검은 차 한 대가 빠른 속도로 다가오고 있었다. 아이는 멈춰 서서 차가 오는 걸

쳐다봤다. 그리고 잽싸게 달렸다. 차가 이쪽으로 오는 것보다 자신이 더 빠르게 맞은편에 도달할 수 있다고 확신하는 듯이. 검은 차는 속도를 줄이지 않았다. 아이를 못 본 것 같았다. 아이는 멈추지 않고 달렸지만 검은 차가 더 빨랐다. 뒤늦게 검은 차가 브레이크를 밟았다. 타이어가 아스팔트에 맞닿는 마찰음이 해안로 가득 울렸다.

검은 차가 날카로운 소리를 내며 인도 쪽으로 회전했다. 옆으로 뒤집어질 기세였다. 검은 차는 방향을 튼 채로 속도를 줄이지 못하고 앞으로 밀려났다. 검은 차가 미끄러지는 장면은 슬로우모션처럼 천천히 흘러갔다. 하지만 나는 아무것도 보지 못했다. 아이도, 운전자도, 번호판도 보지 못했다. 그저 영화를 보듯 흘러가는 장면을 넋 놓고 쳐다보는 게 고작이었다.

번뜩 아이의 존재가 떠올랐다. 검은 차에 치였더라면 무언가가 부딪히는 소리가 들렸을 거였다. 그러나 눈앞의 일을 보는 것만으로도 버거워서인지 그런 소리를 들은 기억이 없었다. 도로 앞은 검은 차에 가려져 보이지 않았다. 나는 아이를 찾아 건너편으로 시선을 돌렸다. 건너편에도 아이는 없었다. 저 멀리 녹지대에 기울어진 어린 소나무 한 그루가 보였다. 언제 쓰러져도 이상할 게 없는 소나무였다.

4

 사비나 씨가 일을 관뒀다. 그 사실을 알게 된 건 새해의 첫 근무일인 1월 2일이었다. 출근 시간이 지나도 사비나 씨가 오지 않았다. 대신 공장장이 조립실로 찾아왔다. 공장장은 사비나 씨가 급한 사정이 생겨 일을 관두었다고 전했다. 그리고 이렇게 갑자기 나가버리는 게 어디 있냐며 화를 냈다. 나는 어떤 반응도 하지 않았다. 공장장이 아무렇지 않게 욕을 내뱉었다.
 사비나 씨가 일을 관둔 건 어쩔 수 없는 것처럼 느껴졌다. 그럴 만한 사정이 있다고 여겨졌다. 다만 무슨 일이 생긴 건지는 알고 싶었다. 나는 공장장에게 사비나 씨에게 생긴 급한 사정이 뭐냐고 물었다. 공장장은 본인도 모른다고 했다. 전화가 와서 받았더니 하루아침에 관두겠다고 했다고. 다음 사람을 구할 때까지 근무해달라고 했지만 사비나 씨가 급한 일이 있다며 거절했다고 했다. 공장장은 외국인들이 비자니 이사니 하는 문제로 이렇게 관두는 게 하루이틀 일이냐며 비아냥대는 어투로 말했다.
 사비나 씨는 초등학교 삼 학년 아들과 함께 살았다. 그 아들은 빌라촌에서 버스로 이십 분 거리에 있는 초등학교에 다녔다. 사비나 씨는 아들과 단둘이 살기 때문에 갑자기 다른 동네로 이사를 하거나 귀국할 가능성은 적었다. 그리고 사비나 씨는 시키는 대로, 알려준 대로 일하는 사람이기에 이렇게 갑작스럽게 관두는 건 거의 있을 수 없는…… 아니 어쩌면 그럴 수도 있었다. 여태 다른 외국인노동자들이 그러했듯이. 그들과 사비나 씨의 차이는 그리 크지 않을지도 몰랐다.

나는 홀로 소화전 외함을 조립했다. 두 판을 마무리했을 때 공장장이 조립실로 내려와 불량품이 들어올 예정이라고 했다. 그동안 잘못 조립되어 납품되고 있었다며. 내가 영문을 모르겠다는 표정으로 쳐다보자 공장장이 지난 이 주간 소화전 외함에 달린 문, 위쪽의 작은 문의 손잡이 장치가 전부 반대로 달린 채 납품되었다고 설명했다. 그건 말이 안 됐다. 내 기억에는 모든 게 똑바로 만들어져 나갔다.

그 여자 짓이야.

공장장이 말했다. 사비나 씨가 잘못을 해놓고 책임을 지기 전에 퇴사한 거라는 뉘앙스였다.

며칠 뒤 불량품이 들어오기 시작했다. 나는 종일 홀로 불량품을 수리했다. 손잡이 장치를 떼고 방향을 맞추어 새로 다는 작업은 석식을 먹고 나서도 이어졌다. 같은 작업을 수십 번 반복하면서 나는 생각했다. 왜 소화전의 문은 오른손잡이에 맞춘 방향으로만 만들어지는 건지. 이 문이 열리는 순간이라고 하면 불이 난 상황일 텐데. 하필 왼손잡이의 누군가가 이 문을 열게 되면 어떻게 되는 건지. 문을 여는 동시에 몸통이 돌아가서, 호스를 빼려면 몸통을 제자리로 돌려야 할 텐데. 이런 생각을 하면서도 왜 이런 생각을 하는지 알 수 없었다.

집으로 돌아가는 길은 멀었다. 일주일 내내 야근한 것에 불만을 가질 새도 없을 정도로 피곤했다. 1월의 해안로는 유독 바람이 찼다. 비릿한 바다 냄새가 불어왔고 더 이상 밀려날 곳이 없다는 생각이 들었다. 어쩌다가 이곳까지 오게 된 건지 기억을 되짚었지만 명확한 계기는 없었다. 이곳에 오기 전 나는 그림을 그렸다. 물감에 기름을 섞어서. 그림을 관둔 이유는 명확했다. 더 이상 그리고 싶지 않았다. 그려야 할 것과 그리고 싶은 것이 달랐기에.

아무 일이나 시도했고 쉽게 그만뒀다. 그러다가 소화전 외함을 조립하게 되었다. 반복적인 작업이었다. 금방 싫증 날 줄 알았는데 의외로 손에 맞았다. 그렇게 이 년이 흘렀다. 소화전 외함을 조립하면서 가끔은 터무니없는 상상을 했다. 그림을 그리러 유학을 갔으면 어땠을까 하는.

빨리 겨울이 끝났으면 좋겠다는 생각이 들었다. 집으로 가는 발걸음을 재촉했다. 목격자를 찾습니다. 12월 31일 23시에 일어난 검은 차와 보행자가…… 흰색 현수막이 펄럭였고 보행자가 죽은 걸까 생각했다. 사비나 씨와 아들은 어디로 간 걸까. 무슨 일이 생긴 걸까. 새해가 되고 일주일이 지나고 있었다. 앞으로도 똑같은 하루가 반복된다는 게 끔찍하게 느껴졌다.

5

녹지대 쪽에서 주황색 고양이 하나가 어슬렁대고 있었다. 아니나 다를까 고양이가 도로로 내려와 이쪽으로 달려왔다. 나는 주머니에서 핸드폰을 꺼냈다. 22시 50분이었다. 다시 시간이 되돌아가 있었다.

아이들이 낄낄대는 소리가 희미하게 들려왔다. 나는 아이들이 있는 쪽으로 달렸다. 소방서에 전화를 걸까 잠깐 고민했고 받지 않을 것 같아 하지 않았다. 아이 두 명이 장난을 치며 내 쪽으로 뛰어오는 모습이 조그맣게 보였다. 커다란 파란색 패딩은 멀리서도 잘 보였다. 아직 검은 차의 엔진 소리가 들리지 않았다. 나는 아이들을 향해 달리며 외쳤다.

건너지 마!

아이들은 나의 외침이 들리지 않는 건지 여전히 장난을 쳤다. 달리면서 나는 해안로에 놓인 가로등이 모두 켜지지 않고 띄엄띄엄 켜져 있다는 사실을 알게 됐다. 한 개가 켜져 있으면 다음 한 개는 꺼져 있고 그다음 한 개는 켜져 있는 식이었다. 가로등 밑은 하얀 조명이 동그랗게 내려와 있었지만 동그라미 바깥은 깜깜했다. 동그라미와 동그라미 사이는 거리가 꽤 멀었다. 평소 걸을 때는 신경 쓴 적 없는 거였다.

아이들의 얼굴이 보일 정도로 가까워졌을 때, 한 아이가 도로로 내려가 무단횡단을 했다. 기다렸다는 듯이 등 뒤로 자동차 달려오는 소리가 들렸다.

건너지 마!

파란 패딩의 아이가 웃음기가 가시지 않은 얼굴로 내 쪽을 쳐다봤다. 크고 짙은 쌍꺼풀의 눈이었다. 나는 빠르게 뒤를 돌아봤고 검은 차는 아직 멀리 떨어져 있었다. 이 정도 거리라면 사고를 막을 수 있었다. 나는 아이를 향해서 계속 달렸다. 바람이 불어와 머리칼을 흩트려 놓았고 순간 시야가 가려졌다. 손으로 머리를 넘겼다. 잠깐 사이에 아이는 도로 위로 이동해 있었다. 언제 내려갔을까.

야!

있는 힘껏 외치자 아이가 내 쪽을 쳐다봤다. 그리고 도로 위로 빠르게 다가오고 있는 검은 차를 보았다. 아이는 서둘러 반대편으로 달리기 시작했다. 그건 잘못된 선택이었다. 그쪽으로 달리면 검은 차에 치인다. 이쪽으로 와야 한다. 아이의 이름을 부르면 아이가 이쪽으로 올 것 같단 생각이 스쳤고 그 이름은 사비나 씨가 알려준 이름 같았다. 그러나 떠오르지 않았다. 검은 차가 미끄러지며 마찰음을 내기 시작했다. 나는 몸을 틀어 아이가 있는 쪽으로 팔을 뻗었다. 검은 차가 순식간에 내 앞으로 지나갔다.

검은 차가 지나간 방향으로 바닥이 검게 젖어 있었다. 비릿한 냄새가 진동했다. 피 냄새였다. 나는 손바닥으로 코를 막았다. 검붉은 웅덩이 중심에 사람이 엎드려 있었다. 얼굴은 반대편으로 돌려져 있어 보이지 않았고 피부와 옷은 피에 젖어 원래 어떤 색을 하고 있는지 알 수 없었다.

도로는 조용했다. 아무 소리도 들리지 않았다. 멈춰 있던 검은 차가 갑자기 소리를 내며 앞으로 내달렸다. 나는 검은 차의 번호판을 확인하려 했지만 주변이 어둡고, 또 검은 차가 빠르게 멀어져서 보지 못했다. 소방서에 전화를 걸었고 수신음만 반복해서 들려왔다.

도와주세요!

나는 허공에 대고 소리를 질렀다. 도로에는 아무도 지나가지 않았다. 그저 나 홀로 덩그러니 놓여 있을 뿐이었다. 당장 해안로를 벗어나고 싶어졌다. 검은 차와 보행자의 사고를 목격하지 않는 현실로 돌아가고 싶었다. 왜 하필 나한테 이런 일이 일어나는 건지 알 수 없었다. 왜 자꾸 해안로가 늘어나는 건지. 왜 계속 사고를 목격하게 되는 건지. 그 무엇도 알 수 없었다.

　나는 바닥에 주저앉았다. 이런 생각이 들었다. 이건 아이의 잘못이라고. 아이가 부주의하게 무단횡단을 해서 이런 일이 일어난 거라고. 아이는 건너지 말라는 나의 외침을 들었다. 또 자신을 향해 다급하게 달려가는 내 모습을 보았다. 그런데도 도로로 내려갔다.

　수풀 속에 주황색 형체가 보였다. 주황색 고양이가 수풀 속에서 나와 이쪽으로 뛰어왔다. 고양이는 내 앞 가까이 달려와 그대로 지나갔다. 초록색 눈이었다. 언제부터인가 공장 근처를 맴돌며 나를 지켜보던 초록색 눈. 호기심 어린 눈빛으로 나를 쳐다보던 초록색 눈. 나는 멀어지는 고양이의 뒷모습을 물끄러미 쳐다봤다. 나비가, 나비가 부주의해서 죽었나. 그렇지 않았다. 고양이에게 부주의라니. 그건 억지였다. 도로 위 엎어져 있는 아이의 모습이 보였다. 자리에서 일어나 아이가 있는 곳으로 발을 뗐다. 가까이 다가가려 하면 할수록 아이와 점점 멀어졌다. 시간을 확인해 보니 22시 50분이었다.

6

 나는 해안로 위에 서 있다. 아무리 노력하고 애써도 사고를 막을 수 없다. 흰색 현수막을 제작한 사람은 어떤 심정이었을까. 흰 배경에 검은 글자가 적혀 있을 뿐 디자인이라고 할 게 전혀 없는 현수막. 간신히 내용만 제작 업체에 전달해 만든 듯한 모양의 현수막. 현수막을 제작한 사람은 분명 알고 있을 터였다. 목격자를 찾아도 누군가가 죽었다는 사실은 변하지 않는다는 걸. 그럼에도 현수막을 만든 이유, 그건 분명히 존재했다. 그리고 나는 이제 그 이유를 어렴풋이 알 것 같다.

 비릿한 바다 냄새가 바람을 타고 불어온다. 나는 이제 소화전의 손잡이가 왜 오른손잡이에게만 맞춰서 나오는지 생각하지 않기로 했다. 아스팔트에 진득하게 붙어 바람에 휘날리던 주황색 고양이 털도 떠올리지 않기로 했다. 왜 하필 해안로 위에서 시간을 반복하는 게 나인지 파고들지 않기로 했다. 내 뜻과는 상관없이 이런 상황에 당도할 수도 있는 법. 그러야 할 것과 그리고 싶은 게 달랐던 것처럼. 내가 집중해야 하는 건 사고를 목격하는 것도, 아이를 구해내는 것도 아니다. 제멋대로 돌아가는 이곳에서 내 뜻대로 하는 것이다.

지금 나는 어느 때보다 정신이 또렷하다. 그리고 내가 해야 할 일을 명확하게 안다. 도로에는 사람도 차도 지나다니지 않는다. 굳이 시간을 확인할 필요는 없다. 나는 해안로를 걷는다. 낡은 자전거 한 대가 가로등 옆에 서 있다. 그 앞으로 형형색색의 현수막, 칠이 벗겨진 채 부서진 과속 방지턱이 보인다. 나는 자전거가 있는 곳으로 향한다. 자전거는 바퀴에 자물쇠가 채워져 있지만 오랫동안 방치되어 녹이 슬고 먼지가 쌓여 있다.

나는 자전거를 들어 올린다. 그리고 도로로 내려가 기울어진 어린 소나무가 있는 곳으로 걷는다. 가로등은 여전히 하나가 꺼져 있고 다음 하나는 켜져 있다. 가로등 불빛이 닿지 않는 곳은 대체로 어두운 편이지만 조금이라도 더 어두운 구간을 찾는다. 어디선가 아이들이 웃는 소리가 들려온다. 나는 도로 일차선에 자전거를 가로로 세워 둔다. 그 모습은 마치 통행금지 차단기처럼 보인다. 가로등 불빛이 닿지 않는, 어둠이 내려앉은 해안로 위에 자전거 한 대가 우두커니 서 있다.

나는 녹지대 쪽으로 무단횡단을 한다. 기울어진 어린 소나무 옆으로 가 아무렇게나 자란 수풀 안쪽으로 몸을 숨긴다. 이윽고 먼 곳에서부터 검은 차가 빠르게 달려오는 소리가 들린다. 아이들의 웃음소리가 커지고 검은 차의 엔진 소리도 점점 가까워진다. 자전거는 여전히 그 자리를 지키고 있다. 아이들이 저 멀리 떨어진 곳에서 장난치며 오는 게 보인다. 한 아이가 무단횡단을 하며 달린다. 파란 패딩의 아이도 머지않아 무단횡단을 할 것이다.

자전거가 하얀 자동차 조명을 받는다. 과속하며 다가오던 검은 차가 자전거 앞에 다다라서야 급작스럽게 브레이크를 밟는다. 괴기한 마찰음이 해안로 가득 울려 퍼진다. 눈 깜짝할 사이에 자전거가 허공으로 떠오른다. 자전거를 들이받은 검은 차가 인도 쪽으로 회전한다. 자전거가 공중에서 돌다가 바닥으로 떨어진다.

검은 차는 얼마 안 가 멈춘다. 중앙선에 가로로 걸쳐진 모습이다. 마치 내가 자전거를 일차선에 세워뒀을 때의 모습과 비슷하다. 반대편에서 또 다른 차가 다가오는 소리가 들린다. 순식간에 또 다른 차가 검은 차를 들이받는다. 검은 차는 또다시 빙그르르 회전하며 밀려난다. 나는 검은 차의 번호판을 확인하려고 유심히 쳐다보지만 어둡고 멀어서 잘 보이지 않는다. 검은 차에서 아무도 내리지 않는다.

두 번의 커다란 소음이 발생하지만 그 누구도 해안로로 나오지 않는다. 빌라촌에서 멀리 떨어진 곳이고 한 해의 마지막날 밤이라 공단에 남아 있는 사람이 없다. 아이 하나가 내 옆으로 다가온다. 그리고 수풀 안에 숨어 이 광경을 본다. 파란 패딩의 아이와 장난치다가 먼저 무단횡단을 한 아이다. 파란 패딩의 아이처럼 눈이 크고 쌍꺼풀이 짙다. 나와 아이는 수풀 안에서 나가지 않는다.

  비릿한 냄새가 바람에 실려 온다. 바다 냄새다. 파란 패딩의 아이가 넋 나간 얼굴로 도로 한가운데에 서 있다. 주황색 고양이는 보이지 않는다. 사고는 일어났고 누군가는 죽은 것 같다. 검은 차가 지나온 길을 따라 해안로의 풍경이 보인다. 언제 쓰러져도 이상하지 않은 기울어진 소나무. 형형색색의 현수막. 부서진 과속 방지턱. 나는 눈을 감았다. 눈을 뜨면 그곳은.

해설 | 전청림(문학 평론가)
적당한 점액질의 인간 농도

전청림(문학평론가)
2022년 문화일보 신춘문예를 통해 평론을 발표하기 시작했다.

당신은 지금 새로 나온 책을 손에 넣었다. 가장 먼저 할 일은 무엇인가? 표지를 손으로 쓸어보는 일, 책장을 넘기며 버석한 종이를 더듬는 일, 가운데를 갈라 코를 박고 새 책의 향기를 맡는 일, 첫 페이지를 공들여 두세 번 읽어보는 일. 어떤 일이 되었건, 탐색에 집중하는 동안 책의 인상은 서서히 강렬하게 새겨진다. 두께, 질감, 무게라는 물성에서 시작해 신선함과 따분함을 오가는 활자의 결까지. 이 책을 의심의 여지없이 믿을 수 있는지, 온전히 시간을 내맡겨 폭 빠져들 수 있는지는 어쩌면 이토록 짧은 시간 안에 결정되는 건지도 모르겠다.

나는 이런 종류의 서정성이 새로운 작가를 탐색하는 일과 비슷하다고 느낀다. 신인의 글을 읽는다는 건 손끝으로 쓰다듬으며 책에 다가가는 과정만큼, 서툴고 덜컹거리는 만남을 요하기 때문이다. 어색하고 낯을 가리는 그 만남 속에서 내가 보고 싶은 건 잘 짜인 서사의 구조나 전문적인 기교보다는, 작가가 고요하게 이겨온 시간의 흔적이다. 가령 이런 것이다. 텍스트 위로 볼록 솟아 나온 고민, 망설이는 단어 사이의 호흡, 행간에 얽힌 복잡한 마음, 흩뿌려진 조급함, 삐딱해 보이는 의지. 신선함과 개성이라는 말로 좁혀질 수 없는, 어떤 절박함 속에서 피어오른 투명한 진실 같은 것. 신인의 심장을 단단하게 만든 그 기록은 작가 자신도 모르게 텍스트에 우뚝 서 있다.

김준희의 소설 기저에 흐르는 한 줄기의 진실이 당신에게는 어떻게 전해졌을까. 거의 모든 순간 얌전하고 흐물흐물하다가, 어느 정점에서 짓궂을 정도로 완고해지는 소설의 자세는 김준희 소설이 담은 특유의 의미를 담아내고 있는 듯 보인다. 허우적거리다가도 단호하게 선을 긋고, 우울과 무기력 사이에서 방황하다가도 서늘한 냉기가 번지게 만드는 태도. 그 태도 속에는 소설의 허구성을 빌미로 삼아 비현실적으로 과감해지려는 방탕한 객기가 없다. 말하자면 김준희의 소설은 정직하고 온순하다. 하지만 옷 속에 몰래 숨어있다가 치명적인 상처를 입히는 예리한 바늘 끝처럼, 날카롭게 연마된 자존심을 심장처럼 품고 있다. 책에 실린 일곱 편의 이야기는 바로 그 자존심의 증거다. 총명하고 싱싱하지만, 어딘가 앳되기도 한 이야기. 그런 소설에 대한 응원은 어떻게 전하는 것이 좋을까. 우선은, 깊이 읽어보기로 한다. 기탄없이 정직하게, 조바심도 없이 천천히. 이 소설집을 닮은 리듬인 렌토(lento)의 속도로.

초심자의 불행

사회생활을 하다 보면, 시작을 응원하는 말이 시작을 재촉하는 말과 같게 들리기도 한다. 시작이 반이라는 말. 빠르게 시작해야 할 것 같은데 아직 준비는 되어있지 않고, 뒤처지고 있다는 불안감과 난감함이 연기처럼 스멀스멀 피어오른다. 특히 사회초년생에게 이런 잔인함은 익숙지 않다. 가진 게 '처음'밖에 없는 이들은 무엇이든 초심자의 행운에 기대게 되기 마련인데, 김준희의 소설은 바로 이러한 요행조차도 허용치 않는 무서운 현실감각을 보여준다. 기대하지도 좌절하지도 말 것. 그 뼈아픈 냉철함은 이 소설에 깃든 비극을 절묘한 필연으로 납득시킨다. 말하자면 초심자의 불행이랄까.

이 매서운 시작의 의미에 가장 먼저 발을 딛는 작품, 「오픈런」을 보자. 위시템을 구매하기 위해 샤넬 매장이 몰려 있는 서울로 상경하고, 백화점 개점 시간에 맞추기 위해 밤샘 노숙도 불사하는 소설에서 인물들의 집념은 일차적으로 사치품을 향한 욕망으로 움직인다. 그렇다고 욕망의 원인이 모두 같은 것만은 아니다. 매장 앞을 줄지은 행렬 가운데서도 각자의 사연이 있기 때문이다. 백화점 앞을 밤새도록 서성이는 사람이 줄지어 이어진다는 사실이 꽤 무섭고도 기괴한데, 소설은 바로 그 기괴함마저도 서투른 욕망으로 치환해 우리에게 납득시킨다. 딱딱한 대리석 바닥을 견디기 위해 담요를 꺼내 두르고, 굳건한 셔터 앞을 하염없이 바라만 보는 이 궁색하고 속물적인 오픈런에서조차 인물들은 뻔뻔해지지 못한 채 '현타'를 경험하고 있기 때문이다. 사러 온 물건이 명품일지언정, 구매로 이어지는 과정은 참을 수 없는 저속함으로 이들을 속박한다. 문제는 이들이 바로 그 수고를 알면서도 기꺼이 감수하며 스스로를 향한 모욕감을 삼켜낸다는 것이다.

그래서일까, 소설에서 인물들은 하나같이 모두 이름을 숨긴 채 서로를 철저히 익명으로 대한다. 서사 내내 '강원도'라고 불리는 인물은 여자친구에게 프러포즈하기 위해 강원도에서 상경했고, '나'는 자신의 바로 앞 순서이자 오픈런 선배인 강원도와 대화를 나눈다. 서로가 업자인지 아닌지, 위시 템은 무엇인지를 슬슬 떠보는 기묘한 탐색 속에서 이들은 자신이 목적을 달성할 수 있는지의 여부를 대강 가늠해 본다. 경쟁도 단합도 할 수 없는 모호한 사이. 텐트와 돗자리와 낚시 의자를 동원해야만 샤넬을 겨우 구경할 수 있는, 명백히 부유층은 아닌 사람들. 브이아이피는 아니되, 피땀 흘려 모은 돈을 쏟아부어야만 겨우 비싼 물건 하나를 쥐어볼 수 있는 사람들. 단 몇 시간의 인연이 깊은 관계로 발전할 수 없는 것이야 당연하겠지만, 실은 콧대 높은 샤넬 매장 앞에서 각자가 무겁게 찍어 누른 이 구차함이야말로 이들이 서로에게 더 스며들 수 없는 이유일지도 모른다.

이들은 왜 이렇게까지 해야 하는 걸까? 명품 가방이 가난을 가리기 위한 가장 효과적인 소비재라서? 몸에 걸치는 물건을 어떤 위안으로 삼기 위해서? 무엇보다 확실한 것은 '나'에게 이 샤넬 지갑은 분명 떳떳한 보상을 뜻한다는 것이다. '나'는 엄마에게 선물하기 위해 오픈런을 한다. 무능력한 아버지를 참아가며, 쉬고 싶은 마음을 억누르며, 집 안팎으로 든든한 울타리가 되어 주었던 엄마가 이혼 후에도 빚에 허덕인다는 사실에 '나'가 떠올린 선물이 바로 샤넬 지갑이다. 이 화자를 철이 없고 한심하다고 생각한다면, 그건 자유다. 그렇지만 이 소설이 보여주는 건 없는 사정에 사치품으로 위로를 건네야만 하는 자본주의적 세계를 향한 비판도, 허영심 가득한 사람들을 향한 손가락질도 아니다. "돈이 있다고 해서 살 수 있는 게"(98쪽) 아닌, "정품을 정가에 사고 싶단 생각"(103쪽)마저도 좌절시키는 샤넬의 독보적인 고귀함에 우리가 모두 공감하고 있다는 것. 그런 세계에 헌신하면서까지 진심을 선물하려는 '나'의 마음만은 밀도 높게 순수하다는 것. 그 순수한 마음을 표현하기 위해 백화점 오픈런을 불사하는 거침없는 세속성이 이 소설의 아이러니다. 이들 역시 말하지 않는가. "제 거 사려고 했으면 진즉에 포기했"(102쪽)을 거라고 말이다.

샤넬은 "평생에 걸쳐 돈을 벌었지만 돈을 모으지도 쓰지도 못"(102쪽)한 엄마에게 하루하루의 성실함을 보증하는 지표가 된다. 딸인 '나'가 바로 그 선물의 형태로 엄마의 삶을 존중하려 하기 때문이다. 그렇지만 소설에서는 그 시도마저도 실패로 돌아간다. 다섯 번의 오픈런에도 불구하고 위시템을 손에 넣을 수 없었기 때문이다. 그리고 '나'의 수중에는 여전히 이백만 원이라는, 적지도 많지도 않은 돈이 남는다. 샤넬 체인 지갑을 되팔면 얼추 벌어볼 수 있는 돈. 한 달 급여에 가까운 돈. 그렇지만 엄마의 빚을 갚거나 넓은 원룸으로 이사하는 데 큰 보탬이 되지는 않는 돈. '나'는 그 돈을 집주인에게 위로금으로 받았다. 방을 계약 기간보다 빨리 빼주는 대가였지만, 위로금을 요구할 땐 "엄청난 파렴치한이 된 것 같은"(105쪽) 기분이 들었던 데다가 자신이 시한부라고 주장했던 집주인의 말도 완벽히 믿을 수는 없다. 샤넬은 기어코 화자의 꺼림칙한 기분을 거두어주지 않은 채, 그가 애매한 위로 속에서 헤매도록 내버려둔다. 오픈런은 "매번 실패했듯이 이번에도 실패한 것뿐"(118쪽)이지만, 이 실패는 편리한 소비도 고급스러운 취향도 무엇 하나 제대로 얻을 수 없는 서른 살 '나'의 무거운 좌절감을 보여준다. 마치 박음질이 어긋난 지갑처럼 사회초년생 '나'의 삶은 '양품'이 되지 못한 채 세상과 여전히 불화한다.

「오픈런」의 배면에 깔린 진실 중 하나는 사치품을 향한 소비의 욕망은 '나'가 따라잡을 수 없는 부의 격차로부터 추동되고 있다는 점이다. 집주인이 옆구리에 끼고 온 영롱한 샤넬백은 화자가 삶의 애환에 젖은 엄마에게 선물해 주고 싶은 환상적인 삶을 비춘다. 그건 빚을 갚지 않아도 되는 삶, 돈을 벌지 않아도 되는 삶, 명품을 소비할 수 있는 삶이다. 그러나 '나'가 엄마에게 선물할 수 있는 건 그런 환상적인 삶이 결코 아니기에, 욕망은 그와 가까워 보이는 소비재의 형태로 치환된다. '샤넬 클래식 중지갑'이라는 도달 가능한 목표로 말이다. 그러니 오픈런을 해도 명품을 살 수 없다는 소박한 허탈함이 아니라, 명품으로 치장해도 좁힐 수 없는 부의 격차가 이 소설이 지닌 시린 박탈감의 요체다.

이 미묘한 격차와 부동산 문제는 「건호를 찾아서」에도 등장한다. 하지만 이 경우에는 사정이 조금 다르다. 아직 서른 살도 되지 못한 앳된 나이에 전세 사기를 당한 인물이 등장하기 때문이다. 집에서 시작해 집으로 끝나는 이 도시 악몽 같은 소설에는 이제 막 청년의 생애주기에 진입하며 방황하는 젊은이들이 등장한다. 소설에서 아이돌 연습생인 '건호'는 미성년의 나이부터 사회생활을 앞당겨 시작하며 고군분투하지만, 어느새 스무 살이 되어 "데뷔하기엔 너무 늙었"(48쪽)다는 비난마저 감수해야 한다. 건호가 SNS상에서 활용하는 에스크 페이지와 라이브 방송은 나이대에 맞지 않는 치열한 생존경쟁 속 불안의 표출구가 되기도 하고, 위안의 장이 되어주기도 한다. 그는 가족과 함께 이사를 준비하며 대출로 전세금을 마련하고, 깐깐하게 옵션을 확인하는 모습까지 꾸밈없이 라이브 방송으로 송출한다. 이 모든 과정과 선택에 증인이 그토록 많건만, 전세 사기를 당해 가족을 잃는 일을 피할 수는 없었다.

'나'에게도 세상이 가혹한 건 마찬가지다. 유산을 겪고 남편과 이혼 숙려기간을 갖는 '나'는 혼자 사는 삶을 준비하며 방황한다. "새로운 곳에서 새롭게 시작하고 싶다"(38쪽)는 마음으로 거처를 찾아 헤매지만, 정작 할 수 있는 건 주말마다 전국 곳곳을 떠도는 방랑뿐이다. '나'가 해수욕장의 행사에서 건호의 무대를 보고 팬이 되는 이유 또한 그의 춤이 특유의 "허우적대는 인상"(40쪽)을 전해주었기 때문이다. 삶에서 허우적대던 '나'에게 그 춤의 인상은 그야말로 운명적이지 않았을까. "관객과 가수의 경계가 금방이라도 허물어져 버릴 것 같은"(40쪽) 무대는 정말로 '나'와 건호 사이의 거리마저도 쓸어버리며, 단숨에 방황하던 '나'가 건호의 삶에 연결되도록 만든다.

소설에서 건호와 '나'는 모두 주거의 문제로 고통받는다. 전세 사기로 인해 오랜 기간 헌신한 아이돌의 꿈마저 접은 건호, 유산에 이혼까지 겪으며 삶을 송두리째 수정하는 동안 물이 들이치는 집에 살게 된 '나'. 나약한 "요즘 애들"(36쪽)이라는 모호한 인상이 이들을 부정확하게 규정하고 있지만, 정작 그 나약함 속에는 기본적인 주거환경마저 갖출 수 없게 만드는 말세의 야박함이 자리한다. 적당한 요령이 없으면 살아남을 수 없는 이 잔혹한 세계에 홀로 맞설 수 있는 청년은 많지 않을 것이다. 물론, 그렇다고 경험과 요령이 전부인 것도 아니다. 평생의 반려자를 고르는 눈도, 전세 사기를 예방하는 일도 실은 연륜과 이해만으로 해결할 수 없는 무작위의 주사위 놀이 속에서 움직이고 있기 때문이다. 그렇지만 불운을 경험하는 이들의 대다수가 물정에 어리숙한 사회초년생에게 가까운 건 어쩔 수 없는 현실의 비극이다. "열 번 찍어 안 넘어가는 나무"(59쪽)는 없다며 사람을 함부로 꺾어대고, 피해의 온상 앞에서 "성가셔도 기회는 기회"(58쪽)라고 작정하는 이들 사이에서 '나'와 건호의 삶은 마치 허우적대는 춤처럼 이토록 허술하게 팔랑거린다.

평소라면 질색할 소설의 직접적인 메시지가 유독 마음에 와닿은 이유는, 바로 그 신랄한 현실에서도 한아름의 무구함을 지켜내려는 의지가 엿보이기 때문이다. 건호와 마주친 '나'가 그에게 건네는 응원. "항상 응원할게요. 힘내요."(61쪽)라는 말은 분명 건호와 '나'뿐만 아니라 비슷한 시기의 같은 힘듦을 겪는 이들에게 메아리처럼 울리는 듯하다. 사람을 나무가 아니라 사람으로 볼 줄 알고, 허우적거리며 방황하는 두 사람에게 이 응원이 "개 짖는 소리"(61쪽)처럼 조여오는 세계의 긴장을 누그러뜨릴 수 있을지 두고 볼 일이다.

도시의 허리 위에서

김준희 소설의 특이성은 자신의 선함을 또박또박 발음해내는 장면 뒤에 의미심장한 서늘함을 접붙인다는 것이다. 가령, 「건호를 찾아서」에서 건호를 향한 '나'의 응원 뒤에는 훈훈한 해피엔딩이 아닌, 비가 새는 축축한 원룸의 썩 희망

적이지 않은 풍경이 펼쳐진다. 더 나아가 「오픈런」에서 인물들은 소설의 세계에서조차 명품을 구매하지 못한다. 환상을 허용치 않는 이 단단한 균형감각은 그가 허구를 방패 삼아 거짓말을 늘어놓는 작가는 아니라는 신뢰감을 선사한다. 삶의 성공과 실패가 한데 뭉친 물컹한 균형감을 적당한 농도로 보여주는 작품이 바로 「주유소 캐노피 아래에서 슬라임을 생각한다는 건」이다.

소설에서 '케이'는 슬라임 사업에 실패한다. 반짝 유행과 발암 물질 논란, 환경오염에 관한 이슈 등 여러 요소가 존재했지만, 케이는 사업이 망한 이유가 전적으로 자신에게 책임이 있다고 생각한다. 회사에 들어가 월급을 받고, 사업 실패로 남은 빚을 상환하며 허무함을 느끼는 케이에게 "중간을 찾는 일"(74쪽)은 중요한 인생 지론이다. 고체와 액체 사이의 반죽이 "언젠가는 적당한 점액의 슬라임"(74쪽)이 될 거라 믿고 반복하는 작업처럼, 삶에서 중간을 유지하는 일은 가까스로 무언가를 참아내고 버텨 살 만한 인생을 연출할 수 있게 도와준다. 그러나 불운이 계속되며 케이는 이런 균형감을 침착하게 유지할 수 없게 된다. 기름이 다 떨어진 채 차는 힘없이 멈춰버리고, 때마침 들른 주유소는 폐업한 지 오래다. 오도 가도 못하는 상황 속에서 중간을 유지하는 인내심은 바닥나고, "차라리 죽는 게 낫다는 사고방식"(71

쪽)이 눈을 뜨기 시작한다. 케이는 불쑥 생각한다. 주유소가 망한 것 역시 "세상이 변해서가 아니라 사장이 운영을 제대로 못해서"(79쪽)일 것이라고.

　세상을 비관하는 케이의 모습으로 소설이 보여주고 싶은 건 무엇일까? 실패를 개인의 탓으로 돌리는 능력주의의 함정? 시장경제의 잔혹함? 소설이 바라보는 방향은 조금 더 깊숙한 인물의 마음속이다. 중간을 찾는 일은 전적으로 자기 자신에 대한 이해에서 오고, 그 이해에서부터 비로소 인내와 반복을 버텨내는 끈기가 찾아온다. 케이는 폐업한 주유소의 사정을 들으며, 비록 실패했을지언정 자신이 떳떳하고 정직하게 사업을 운용했다는 사실을 마침내 알아챈다. 어쩌면 자신이 지나온 건 사업 실패가 아니라 "후회 없는 장사"(88쪽)라는 것, 그건 "남들이 뭐라고 해도 케이에겐 절실했고 최선"(89쪽)이었다는 사실이 마음에 깊이 박힐 때, 케이는 온 힘을 다한 일의 한계까지도 받아들이며 "안전한 어딘가에서 (…) 그럭저럭 잘 지내"(89쪽)는 지혜를 터득한다. 그 가뿐한 마음이 선사하는 건 스스로에게 편안한 농도로 맞추어질 중간의 범위다. 자신의 어리숙함에 대한 인내와 속이 시원할 정도의 과감함까지도 "세상이 변하는 거대한 흐름 중 아주 작은 한 부분"(80쪽)일 수 있다는 인정이 들어설 때 아슬아슬하고 삐딱했던 케이의 시선은 가까스로 균형을 잡을 수 있게 된다.

도로 위에 미끄러지듯 우뚝 서버린 차. 순탄한 진로에 제동이 걸린 메타포로서 이미지는 소설집 속에서 반복된다. 창창하게 쭉 뻗은 삶의 허리를 뚝 끊어놓은 듯한 이 정지는 교착 상태에 몰린 인물들의 상황과 감각을 보여주기도 한다. 소설집의 마지막을 장식하고 있는 「해안로」를 보자. 출퇴근을 위해 인적이 드문 해안로를 오가는 '나'는 자꾸만 같은 시간으로 되돌아온다. 공단에서 함께 일하는 외국인노동자 '사비나'의 아들이 차에 부딪히는 사고의 순간이다. 사비나는 아들의 사고 이후 급작스럽게 일을 관두었다. 목격자인 '나'는 사고의 현장으로 되돌아오는 기묘한 반복을 끔찍하게 느끼지만, 어느 순간 사건에 개입하기로 결심한다.

되돌아오고, 변하지 않는 이 답답한 교착 상태는 '나'가 머물러있는 방치된 삶과 맞닿아 있다. 그림 그리는 일을 포기한 후로 "아무 일이나 시도했고 쉽게 그만"(192쪽)두는 '나'의 삶은 변화도, 진척도 없는 채 갑갑하게 흘러가고 있기 때문이다. 바로 그 사실을 간신히 깨달았을 때 '나'는 현실에 대한 비관과 무기력한 삶 속에서 살아가는 것을 거부할 수 있게 된다. "내 뜻과는 상관없이 이런 상황에 당도할 수도 있는 법. 그려야 할 것과 그리고 싶은 게 달랐던 것처럼. 내가 집중해야 하는 건 사고를 목격하는 것도, 아이를 구해내

해설 | 적당한 점액질의 인간 농도

는 것도 아니다. 제멋대로 돌아가는 이곳에서 내 뜻대로 하는 것이다."(197쪽) 오롯하고 또렷한 결심을 손에 쥐기 위해, 화자에게 이 지난한 반복의 시간은 필연적이었을지도 모른다.

등가교환의 세계 속에서 모든 일은 공짜로 해결되지 않는다. 누군가가 이득을, 누군가는 반드시 손해를 본다. '나'의 선택은 아이를 구해내지만, 결국 사고는 일어났고 누군가가 죽는 운명을 바꿀 수는 없다. 평형대처럼 판판하고 고른 균형감각을 지닌 김준희의 소설은 모두를 구하는 판타지 대신 비극적 운명의 질량이 유지되어 대속(代贖)되는 현실을 선택해 보여준다. 일어날 일은 일어난다. 그렇지만 중요한 건 운명과 현실이라는 무시무시하고 지독한 냉소 속에서도 할 수 있는 일을 선택할 줄 아는 의지다. 아들이 죽었다는 사실은 변함이 없지만, 그럼에도 현수막을 만들어 걸어야 했던 사비나의 의지가 '나'에게 전해졌던 것처럼.

「별을 보러 갑니다」는 위협적으로 달리는 차와 도로 위에 생명체가 튀어나오는 또다른 소설이다. 소설은 유성우가 여름밤을 수놓은 아름다운 풍경으로 시작한다. 쏟아지는 별을 보기 위해 아리와 빈은 산성으로 향한다. 빈이 운전석에서 도로를 질주하는 동안, 아리는 조수석에서 연신 술을 홀짝인다. 교사인 아리는 최근 시말서를 작성해야 하는 서글픈 일이 있었기 때문이다. 빈의 말대로 "애들은 툭하면 싸우는 존재였고 어른들은 툭하면 과민 반응하는 존재"이고 "무엇이든 모두 학교 밖에선 별것도 아닌 일들"(157쪽)일지도 모른다. 그러나 "계산과는 먼 사람"(165쪽)인 아리에게 견디기 힘든 건 잘못에 비해 치른 죗값이 크다는 억울함이 아니라, "정말 어설픈 짓"(156쪽)을 자신이 실제로 저지르고 말았다는 자책감일지도 모른다.

소설이 보여주는 건 그런 모종의 떳떳함에도 불구하고 세상이 내리는 벼락같은 비극이다. 어쩔 수 없는 것. 예고 없이 쏟아져 내리는 폭우나 갑작스레 들이받힌 교통사고처럼, 자연은 그렇게 대비할 수 없는 비극으로 삶을 곤란하게 만든다. 빈의 성적 정체성은 느닷없이 따돌림의 빌미가 되고, 따돌림을 당한 빈의 곁에 있어 주었을 만큼 정의로운 성격을 지닌 아리는 본의 아니게 직장에서 고군분투한다. 하다못해 으슥한 곳에서 노상 방뇨를 하려 해도 구경꾼이 몰려 시비를 겪는 난처함을 목격하다 보면, 세상이 빈과 아리를 '억까'하는 건 아닐까 생각이 들 정도다. 그러므로 두 사람이 아름다운 별 무리를 구경하며 비는 소원이 현실의 무탈함이나 위안이 아니라 "그 새끼들이 모두 불행해졌으면 좋겠어."(170쪽)라는 것도 십분 이해가 간다. 이들은 원망과 억하심정, 억울함이 한데 뭉쳐 평탄한 삶의 고리를 끊어버리는 교착 상태에 머물러 있기 때문이다.

  소설 말미, 두 사람은 귀갓길 도로 위에서 작은 생명체가 차에 치이는 사고를 목격한다. "왜 우리한테 이런 일이 일어나는 거지."(173쪽)라며 울어버리는 아리의 모습은 쭉 뻗은 고속도로를 무사히 달리는 일조차 허락되지 않는 이들의 우울감과 무력감을 보여준다. 삶은 아스팔트로 매끄럽게 마무리된 길을 보여주고 그것을 따라가기만 하면 된다고 이야기하는 듯하지만, 사고는 늘 급작스럽게 개입해 현실을 뚝 끊어내어 엉망진창으로 만든다. 뜻대로 되지 않는 삶에 대한 서러움과 모든 것이 헛된 것만 같은 공허한 기분을 우리는 마음 깊이 공감할 수 있다. 그러나 더욱 중요한 것은, 이 아픔으로부터 조심스레 나아가 더 나은 삶을 살아보려는 소설의 응전을 깊게 읽어보는 것이다. 세상이 흑백으로 정지해버린 것만 같은 날카로운 외로움이 삶의 분위기를 장악할 때, 과연 이 소설집은 독자에게 더 나은 방향성을 어떻게 설득하고 있을까?

더 높은, 더 깊은 생존

  억울함과 원망, 우울감과 무력감 속에서 김준희의 소설을 지탱하는 따뜻함이 있다면 그것은 결코 무너지지 않는 인간에 대한 신뢰이다. 인간의 이해에 있어 나태하거나 게으르지 않겠다는 이 미적 포부는 「정오의 언어」에 등장한다. 소설은 수습사원으로서 업무시간에 겉도는 '나'가 탕비실에서 의도치 않게 '그녀'의 사생활을 엿듣게 되는 서늘한 분위기로 진행된다. 그녀의 파혼이라는 공공연한 비밀은 '나'의 생존과 직결되어 있다. 그녀가 퇴사해야만 '나'가 정규직이 될 수 있기 때문이다. 그러나 모든 상황은 탕비실이라는 숨 막히는 밀실 주위를 맴돌며 지체된다. 지친 '나'는 "버틸 수 있을 때까지 버티기"로 결심했다가, "우둔한 조직의 피해자"(20쪽)로서 자신을 정체화했다가, 아예 "없는 사람"(21쪽)이 되기로 작정하기까지 한다.

온전히 그녀만의 공간인 점심시간의 탕비실에 들어섰을 때 느낀 오묘한 한기, 엿들은 단어들로 열심히 상황을 조립해 보는 지독한 치졸함은 생존의 문제에 인간성마저 침잠되어 버린 '나'의 패배를 묘사한다. 그러나 소설이 집중하는 건 '나'의 불편한 상황이나 불쾌함이 아니다. 노동과 월급이 걸린 바로 그 절박함 속에서 '나'와 그녀가 함께 망가져 가는 모호한 분위기를 특유의 문체로 드러내고 있기 때문이다. 지시하는 대상이 불분명한 그녀의 문장들은 '나'의 생존과 그녀의 파혼을 동시에 찌르는 이중 언어로서 이 두 문제를 둘러싼 갈등을 격렬히 흔든다. '나'는 "너 뭐 해? 왜 이렇게 부스럭거려?"(12쪽)라는 그녀의 목소리에 허겁지겁 등을 떠밀리고, 불쑥 등장한 "내가 왜!"(23쪽)라는 큰 소리를 다른 직원들이 들을까 봐 노심초사하기도 한다. "이상하게도 한 번 발을 들이면 계획과는 다른 일"(22-23쪽)을 하게 되는 묘한 탕비실 속에서 말은 자연스럽게 오해를 넘나든다. 오전과 오후를 가르는 경계에 선 정오의 시간처럼, 소설은 제목 그대로 '정오의 언어'가 오가는 위태로운 흔들림을 이중성의 의미로 담아낸다.

정오의 이중성이 가진 흥미로운 점은 그것이 악의 없이 시간의 흐름에 따라 가까운 쪽으로 당겨질 뿐이라는 것이다. 회식 자리에서 자신의 편을 들어주는 그녀의 진심과 마주했을 때, '나'는 비로소 시계추처럼 무심하게 흔들릴 뿐인 언어의 표면을 본다. 골치 아픈 생존의 일은 카오스처럼 휘몰아치는 감정의 결을 밀실에 집어넣어 버리고, 그것이 드러날 수 있는 표정의 입체감을 "기계차로 납작하게 밀어"(31쪽)버린다. 한 인물의 미심쩍은 악의성으로부터 시작해, 순식간에 자본주의적 생존경쟁에서 허우적거리는 두 사람의 미숙함으로 이동한 소설은 의도된 오해 속에서 그 누구도 자유로울 수 없다는 것을 보여준다. 흥미롭게도 이 지점에서 악역은 사라지고 갈등은 지속되지만 신뢰는 새로이 생성된다. '나'와 그녀 사이에 생긴 오묘한 동지 의식은 김준희의 소설이 우울한 피해의식보다는 인간에 대한 믿음을 선택한 결과일 것이다.

그렇다면 인간을 향한 그 신뢰는 어떤 형태로 발전될 수 있을까. 갈등 속에서 얼마나 더 단단해질 수 있을까. 그건 무너지지 않을 수 있을까. 넘실거리는 파도와 그 앞에 당당히 선 여자아이, 낭창한 팔다리와 그를 제압할 듯 솟아오른 물. 위압적인 물의 이미지와 그에 맞서는 단단한 아우라가 매력적인 표제작 「파도보다 더 높이」를 마침내 이야기해 볼 시간이다. 소설에서 '도리'는 '나'의 조카로, 수영과 서핑을 좋아하는 여자아이다. 일곱 살 도리의 성격은 가늠할 수 없다. 기분이 좋다가도 곧잘 토라지고, 거리에서 춤을 추다가도 앙칼지게 짜증을 내는 모습에 '나'를 비롯한 어른들은 난감해한다. 흥미로운 것은 도리를 비추는 소설의 시선이다. 어린아이의 알 수 없는 내면을 어른이 이해할 수 있는 형태로 번역하거나 무작정 온기 어린 시선으로 포장하는 것이 아니라, 있는 그대로 관찰하고 가감없이 드러내며 오히려 왜곡 없는 존중을 보여주고 있기 때문이다. 덕분에 도리는 서사에 걸맞은 무게감과 깊이를 가지기에 손색이 없는 인물로 묘사된다.

'나'는 수영장을 관둔 도리를 위해 매주 토요일마다 인공 서핑장을 데리고 다니며 두 달간 이모 역할을 톡톡히 해왔다. 그러던 중 '나'는 엄마, 언니, 도리 그리고 반려견 포포까지 모두가 함께 서핑장에 가는 날을 맞이하게 된다. 도리의 마음은 여지없이 널뛴다. "나는 이모가 좋아."(126쪽)라며 뜬금없는 고백을 하다가도 "이모 때문에 내가 속상해서 못 살겠어. 속상해서!"(128쪽)라고 소리치며 눈물을 터뜨리고, 포포를 쓰다듬다가도 신경질적으로 밀쳐낸다. 반려견을 조심히 만지다가도 어느 순간 과격하게 털을 쥐어뜯게 되는 어린아이의 서투름을 용인하지 않을 수는 없다. 그러나 여러 번의 경고에도 불구하고, 도리가 차 안에서 포포를 끌어안은 채 위험한 상황을 연출했을 때 '나'의 인내심이 바닥난다. "저걸 확 죽여버릴 수도 없고"(132쪽)라는, 정제되지 않은 말이 입 밖으로 튀어 나가고, 날 선 말이 차 안의 모든 이들의 가슴에 박혀버린다. 뒤늦게 '나'는 말의 파장이 어디까지 미칠지 생각한다. 그런데 여기에서 화자가 걱정하는 것은 조카를 제대로 돌보지 못하는 이모로서의 걱정과 불안이 아니다. '나'가 보는 것은 도리와 자신 사이에 웅덩이처럼 깊이 고여있는 가족이라는 이음새다. 가족이란 관계는 늘어뜨린 넝쿨처럼 복잡하게 얽혀 서로를 쉽게 할퀸다. 작은 움직임 하나가 마음 한구석을 뜯겨나가게 할 만큼.

과거에 가족들은 비혼을 선언한 '나'의 진심을 받아들이지 못했다. "다 내가 잘못 키워서 그렇다"(139쪽)는 엄마의 말은 비수가 되어 날아오고, 아빠는 혀를 찬다. 온 가족이 모인 자리는 침울하게 가라앉는다. 이때 '나'를 가족이라는 수렁에서 구출해 준 건 다름 아닌 도리다. 아이다운 천연덕스러움과 엉뚱함으로 모두를 웃기고 기어코 숨통이 트이게 만든 주인공. 싸하고 불편한 분위기를 무마하려는 도리의 행동은 어린아이 특유의 사랑스러움으로 가득하다. 그러나 그보다 더 귀한 것은 눈이 마주치자 "보란 듯이 더 크게 활짝 웃"(140쪽)으며 속 깊은 배려로 '나'를 감싸주는 도리의 순도 높은 천진함이다. 단지 이모가 좋아서, 다른 건 중요치 않을 만큼 좋아서, 결혼 따위 대수가 아니란 걸 알아서 오히려 "이모랑 결혼할게."(140쪽)라고 고백할 줄 아는 도리의 말솜씨는 우리가 놓친 비밀을 악의 없이 들추어낸다.

소설은 이처럼 '나'가 가족 내부에서 겪은 외로움의 경험을 자연스럽게 도리의 불가해함과 입체적으로 엮어놓으며 그를 서사의 진정한 주인공으로 격상시킨다. 어려서, 미운 일곱 살이라서, 미숙해서 그런 것이 아니라 도리는 '나' 못지않게 외로운 마음을 가진 인간이라는 것. 우물처럼 검은 마음이 누구에게나 있다는 것. 소설은 바로 그 한 사람에 대한 진실을 독자들에게 이해시키며 비로소 세련된 깊이를 거머쥔다. 돌에게도 마음이 있다고들 말하는 요즘이지만, 아이에게도 마음의 무게가 있다는 걸 이야기하는 일은 어쩐지 어렵게 느껴진다. 그러나 소설은 기울기 없는 시점으로 도리를 바라보며 그 어려운 일을 해낸다. 마치 '나'의 아픔을 존중하는 마음에 도리가 편견 없는 아량을 보여주었듯이 말이다.

그러므로 소설의 마지막, 천덕꾸러기 도리가 누구도 가늠할 수 없는 자기만의 비밀을 쥔 채 파도 앞에 떳떳하게 서 있는 장면은 그야말로 감동적이다. 있는 힘껏 화를 내며 외로움조차 감출 줄 모르는 도리가 "파도보다 더 높이 점프!"(142쪽) 하기 위해 겹겹의 파도 앞에 섰을 때, 독자들은 마침내 그녀가 깊이를 알 수 없이 충만한 내면의 힘으로 바로 서 있다는 걸 알게 된다. 작은 몸이 집어삼켜질 것 같은 위태로운 긴장으로 끝을 맺는 이 소설은 도리를 향한 팬스러운 노파심마저도 연출하며 오래도록 그녀를 독자들의 마음 안에 가둬둔다. 그러나 독자들은 알 것이다. 튼튼한 심장으로, 도망치지 않는 두 다리로, 도리는 무너지지 않은 채 어디로든 갈 수 있다는 걸 말이다.

파도 앞에 선 도리를 열렬히 응원하게 되는 것처럼, 마침내 소설집은 그렇게 김준희라는 작가를 자연스럽게 기대하게 만든다. 압도적으로 높은 파도 앞에 선 것처럼, 위태로운 출발 지점에 선 것처럼 온몸이 휘청거리는 긴장 속에서도 한 줄기의 맹렬한 신뢰를 보여준 김준희의 소설은 주저하지 않는 사랑이 무엇인지에 대해 알려주었다. 그 사랑은 악역으로 보였던 인물을 서서히 존중받게 만드는 치열한 고민 속에서, 무기력한 아픔을 뚫고 타인에게 공감하고 존중할 줄 아는 겸손 속에서, 남모를 이에게 무운을 빌어줄 줄 아는 성숙함 안에서 등장한다. 우리가 믿고 싶은 근본적인 인간 신뢰가 계속되는 불운과 무기력한 상황을 헤치고 서서히 드러날 때, 있는 듯 없는 듯, 깊은 지하 속에 파묻혀 있는 것만 같은 그것이 살살 먼지를 털고 등장할 때 김준희의 소설은 사랑을 믿거나 의도하는 것이 아닌 뼈에 이식된 것만 같은 자연스러움으로 드러낸다. 이 오묘한 서사가 계속되는 동안 나는 계속해서 인간의 농도가 가장 짙은 인간이 무엇인가에 대해 생각해 보고 있었다. 그리고 마침내 기대해 왔던 것이 한결같은 무늬로 쌓여 있는 소설의 갖추어진 정결함을 보며 생각한다. 툭 튀어나온 뾰족함이 아니라 변화에도 개의치 않는 씩씩함이야말로 인간의 농도를 정직하게 보여주고 있노라고 말이다. 오전과 오후 사이를 당겨오는 미묘한 정오의 시차처럼, 고체와 액체 사이의 탄성을 유지하는 슬라임의 적당한 물성처럼, 바로 그렇게.

작가의 말

어느 날 문득 깨달았다. 쓰는 인간으로 태어났다는 것을. 공포 영화 속 몇 번을 내다 버려도 집으로 돌아오는 저주 인형처럼 그만 쓰려 해도 나는 계속 소설을 쓰게 된다.

소설을 쓰다가 깨우쳤다. 텍스트가 아니라 사람을 써야 한다는 것을. 사람을, 인물을, 쓰기 위해서는 오랜 시간이 필요했다. 시간 들여 노력하지만 아직도 어렵다. 사람을 쓰는 일은.

선한 사람에 대해 쓰고 싶었다. 필연성이나 개연성이 존재하지 않는, 아무런 계산 없이 불쑥 등장하는 그들에 대해.

우리 사회에 분명히 존재하는 그들에 대한 이야기를 쓰고 싶다.

마음을 나누는 사람들을 만났다. 함께 고민하고 웃어주는 사람들. 가끔은 같이 주책도 떨어준다. 영미, 윤, 은혜, 태경, 현지, 효창서담지기. 행복 문우들. 덕분에 더 넓은 세상을 꿈꿀 수 있다.

안 좋은 일도 겪었다. 공모전에 제출한 소설이 표절당하는. 다시는 소설을 쓰지 않겠다고 다짐했다. 어느 날 생각을 고쳐먹었다. 빼앗고 싶은 소설을 쓰되 빼앗기지 않겠다고.

나는 나의 길을 간다. 혼자인 듯하지만 실은 여럿이다.

2025년 봄
김준희

파도보다 더 높이
초판 1쇄 발행 2025년 5월 1일

지은이 김준희

펴낸이 김규열
편집 김규열
디자인 김규열
펴낸곳 출판사 결
등록 2022년 5월 17일 제2022-000013호
이메일 gyeolpress@gmail.com | 인스타그램 @gyeolpress
ISBN 979-11-992356-0-1(03810)

* 이 책의 판권은 지은이와 출판사 결에 있습니다.
* 저작권법에 의해 보호를 받는 저작물이므로 무단 전재 및 복제를 금합니다.